지금의 균형

취향 권하는
    사회에서
  나로 살기

지금의 균형

2023년 6월 16일 초판 1쇄 발행

지은이   허윤

펴낸이   김은경
편집   권정희, 이은규
마케팅   박선영
디자인   황주미
경영지원   이연정

펴낸곳   (주)북스톤
주소   서울특별시 성동구 성수이로20길 3, 6층 602호
대표전화   02-6463-7000
팩스   02-6499-1706
이메일   info@book-stone.co.kr
출판등록   2015년 1월 2일 제2018-000078호

ISBN   979-11-93063-04-0 (03810)

북스톤은 세상에 오래 남는 책을 만들고자 합니다. 이에 동참을 원하는 독자 여
러분의 아이디어와 원고를 기다리고 있습니다. 책으로 엮기를 원하는 기획이나
원고가 있으신 분은 연락처와 함께 이메일 info@book-stone.co.kr로 보내주세요.
돌에 새기듯, 오래 남는 지혜를 전하는 데 힘쓰겠습니다.

지금의 균형

취향 권하는 사회에서 나로 살기

허윤 지음

넥스톤

취향은 단순히 대상을 좋아하는 것을 넘어
어떻게 살 것인가에 대한 삶의 태도를 아우른다

스스로를 기획하는 사람에게

균형이라는 말이 싫었다. 적절하고 좋은 상태가 아닌, 적당하고 애매한 상태를 뜻하는 것 같았기 때문이다. 20년 동안 여러 브랜드에서 일하면서 균형을 잡으려 애쓰기보다 앞을 보고 내달리는 데 익숙했다. 그러다 넘어져 무릎이 깨지기도 하고 어느 구간에서는 절뚝거리기도 했다. 지금도 때로는 달리고 가끔은 천천히 걸으면서 그럭저럭 일과 삶의 언덕을 넘어가고 있다. 그리고 이것이야말로 균형이라는 것을 이제는 안다.

평균대에 서서 두 팔 벌리고 한 발씩 내딛는다. 속

도보다 중요한 건 전반적인 균형이다. 평균대에서 떨어지지 않고 한 걸음 한 걸음을 바르게 나아가는 것. 균형은 양쪽이 균등하고 밋밋하며 평온한 상태를 뜻하는 게 아니다. 하루하루 나아가는 삶의 방식이다.

2021년 6월에 출간한 《기획하는 사람, MD》는 브랜드에서 기획자로 일하는 의미를 다룬 책이다. 출간 당시 회사생활을 마무리하고 새로운 균형을 잡는 중이었다. 기획자가 되고 싶거나 다양한 분야에서 기획하는 사람들이 공감한다는 이야기를 건네왔다. 그때 받은 따스함이 아직 마음에 남아 있다. 농담처럼 했던 'MD는 뭐(M)든지 다(D) 한다'는 말은, 패션 MD부터 현재까지 이런저런 경험 덕분에 사실처럼 되었다. 덕분인 이유는 '버릴 경험은 없다'는 것을 실감해서기도 하고, 뭐든지 다 해야 하는 요즘 시대에 '나를 중심에 둔 균형 감각'이 필요하기 때문이다.

'취향' 권하는 사회에서 나로 살기 위해서는 균형이 필요하다. 일하며 만나는 다양한 사람이 초면에 대뜸 취향을 묻는다. '취향'이라고 하니 왠지 근사한 것을 말해야 한다고 오해하던 시절도 있다. 하지만 이젠 정해진 기준대로 살도록 요구되던 시대를 지나 '저는 이런 취향의 사람입니다'라고 말하는 것이 자연스럽다. 취향을 쌓고 다듬는 방법, 좋은 감각의 정의, 무엇을 보고 듣고, 또 어떻게 느끼고 해석할지 등 다양한 측면으로 취향을 이야기한다. 좋아하는 일을 찾는 방법부터 하고 싶은 일이 없거나 또는 너무 많은 마음, 앞으로 살아가면서 무슨 일을 하고 어떻게 살아야 할지 등 사람들이 고민하는 취향의 범위도 넓어졌다. 결국 일에서도 삶에서도 자신만의 취향을 찾고 있다. 행복한 삶을 살기 위한 모두의 고민이다.

취향은 크루아상 같다. 얇은 결이 층층이 쌓인 크루아상 단면처럼 한 사람에게 축적된 것이 그 사람의 취향이다. 베이커리 쟁반에 놓인 크루아상은 언뜻 비슷해 보이지만 자세히 들여다보면 조금씩 다른 모양이듯 사람도 저마다 고유의 '향', 취향을 갖고 있다. 취향은 '하고 싶은 마음이 생기는 방향, 또는 그런 경향'이라는 뜻이다. 어떤 대상에 대해서 한 번, 두 번, 하고 싶은 마음, 좋아하는 것은 더하고, 싫어하는 것들을 빼는 마음이 거듭되어 일련의 형태를 띤다. 각기 다른 색의 결도 모아보면 결국 비슷한 색채를 띠는데, 이것이 어떤 사람을 떠올렸을 때 연상되는 '이미지'다. '그 사람 참 독특한 취향을 지녔다'고 할 때 그 독특한 색이 그 사람 특유의 취향이자 이미지인 것이다. 이는 그간 지극히 개인적인 취향으로 선택해온 것으로 형성된다. 그래서 취향은 '무엇을 좋아해?'라는 질문을 넘어 '너는 어떤 생각을 하는 사람이야?'라는 의미를 내포한다. 삶의 철학까지 아우르는 것이 취향인 셈이다. 그러니 하루 아침에 '내 취향은 ○○입니다' 라고 단언할 수 없다. 간단한 답을 내리기에는 복잡미묘한 결을 지니고 있다.

타인의 취향을 탐색하고 기획하는 일상을 지내다 보면 오히려 '내 취향은 뭐였더라' 싶은 날이 더러 있었다. 빠르게 변하는 세상에서 갑자기 내가 무얼 좋아하는지 잘 모르겠다는 막막한 기분이 들기도 했다. 하루하루 일터와 집을 오가면서 소모되는 기분이 들 때면 '삶이 일이 되는, 일이 삶이 되는' 고민으로 머릿속이 가득 찼다. 모두가 브랜드인 시대에 '내'가 해야 하는 일은 무엇인지, 앞을 보고 달리다가도 문득 깊은 의문에 휩싸이는 것이다. 과연 원하는 방향으로 가고 있는지, 지금 모습은 진짜 나인지 얼굴 모를 타인에 가까운지, 존재하지도 않는 파랑새를 찾고 있지는 않은지, 불안해하면서.

'정답은 없다'고 생각하면서도 나름대로 답해올 수 있었던 건 아무래도 '기획하는 사람'이기 때문이지 않을까. '기획' 일의 본질은 선택이다. 아무리 작은 부분일지라도 명확히 의사결정해야 한다. 어물쩍 넘어가다가 일은커녕 아무것도 할 수 없는 지경이 된다. 자기주장만 하다가는 주변이 온통 빌런투성이일 것이므로 완급조절을 하면서 일이 되게끔 하는 것이 중요하다. 감각적인 선택과 논리적 설득, '예민'과 '세심' 사이를 오가며 매일 나아가면서도 나를 중심에 둔 균형을 잡고 싶었다.

불확실한 삶에서 스스로 답을 찾아가는 일은 그리 간단하지 않다. 그렇다고 불가능한 것도 아니다. 기획하는 사람이라면 가능하다. 기획하는 사람이라서 할 수 있다. 떠오르는 질문들을 마주하고, 곱씹고 차근차근 하나씩 풀어가면 된다. '일'에서 무수한 선택으로 체득한 방법을 내 삶에 적용해보는 것이다. 설득해야 하는 사람은 오직 나뿐이다. 다양한 경험을 통해 미세한 촉감을 느끼면서 내가 속한 사회의 호불호를 마주하며 스스로 감정을 살펴야 한다. 이런 수고스러운 과정을 거치지 않는다면 누군가 제안한 것 그대로 그저 '좋다'는 느낌만 저장하게 된다. 그 느낌은 내 것이 아니다. '나'는 무엇이 좋았고, 왜 좋다고 느꼈는지, 어떤 것은 왜 싫었는지 등 경험에 대한 감각을 몸에 저장해놓는 것, 취향은 '나의 데이터'를 축적하는 일이다. 일상의 초점을 외부가 아닌 자신에 두고서.

자신의 삶에서만큼은 '뭐든 다 할 수 있는' 사람이 많아지길 바라는 마음으로 이 책을 썼다. 선택해야 하는 순간마다 고민하고 망설인 끝에 사소한 것 하나라도 선택했던 이야기들이다. 거칠고 빠른 패션업계와 브랜드 기획, 편집숍 론칭부터 아직 마치지 못한 공부를 하며 또 다른 의미로 치열하게 사는 지금까지, 비슷한 듯 다른 분위기 속에서도 매일 나아가기 위해 지금의 균형을 잡는 과정이기도 하다. 누가 보기엔 평범하고 누가 보기엔 생소할지도 모를 이 삶을 이야기해도 될지 고민스러울 때마다 '그러고 싶은 마음'에 집중했다. 타인이나 사회에 의해 기획되는 삶이 아니라 '스스로를 밝히기 위해 기획하는 사람들'과 다채로운 삶의 능동적 즐거움을 나누고 싶다. 지금 이 순간의 균형을 위해서.

2023년 여름
허윤

차 례

1 ——— **탐색하다**

4 ——— 결심하다

5 ── 움직이다

1

탐색하다

패션은 소비가 아니라
스타일이다

　　해외 패션 바이어Buying MD는 출장 미팅에서 상대 브랜드의 옷을 입는다. 그것이 예의이기 때문이다.

　　편집숍 바이어는 보통 많게는 수십 개의 브랜드를 담당한다. 꽤 높은 할인가로 구매할 수 있도록 회사에서 지원받지만 담당하는 모든 브랜드의 옷을 구매하는 것은 무리다. 현실적으로 불가능하기도 했고, 나와 어울리지 않는 스타일이라면 아무리 미팅이어도 구매하고 싶지 않았다. 그럼에도 패션 바이어로서 옷을 잘 입는 것은 매우 중요하므로 럭셔리 브랜드를 잘 고르고 저가의 기본 아이템을 섞어 입었다. 어떤 날엔 매장에

업무를 보러 갔다가 매장 스태프들이 청바지가 예쁘다고 칭찬했다. "어느 브랜드예요?" 유니클로라고 하자 다들 놀랐다. 럭셔리가 아니면 안 된다고 생각하는 고정관념이 있던 시절이었다. '적절하게 소비하면 되는 거 아닌가' 하면서도 멋을 잃지 않는 방법을 생각하곤 했다.

다수가 열광하는 것을 좋은 소비라고 쉽게 오해한다. 정작 소비의 목적을 잊은 채로. 그렇다고 럭셔리 소비가 나쁘고 저렴하고 알뜰한 소비가 꼭 좋은 건 아니다. 자신의 능력껏, 가치를 가늠한 소비를 할 줄 알아야 한다고 생각한다. '내가 좋아서'처럼 단순하더라도 좋아하는 이유와 목적이 스스로에게 합당하고 스트레스 없이 즐거울 수 있도록.

타인을 무작정 따르는 과소비는 안타깝다. 오로지 자신을 포장하기 위한 명품, 습관적으로 하는 자잘한 소비, 소득 대비 과한 자동차, 호화로운 형식의 이벤트…. 어쩐지 멋 없게 느껴진다. 제아무리 머리부터 발끝까지 명품이라도, 그 사람의 생활에 자연스럽게 깃들지 않는다면 그건 소음이다.

비싼 브랜드를 그냥 몸에 두른 것이 아닌, 자신만의 스타일이 있는 사람은 아우라aura가 있다. 정성 들인 만듦새, 적절한 매무새, 클래식하면서도 느낌 있는 스타일. 그런 패션으로 자신을 표현할 줄 아는 누군가를 만날 때면 산뜻한 기분이 든다.

패션은 스타일이다. 한 사람의 사고방식과 가치관을 외적으로 표현하는 것이다. 다양한 브랜드에서 만난 사람들과 문화를 통해 체득한 사실이다. 화려한 패션쇼부터 아웃렛에 남겨진 옷에 가득 담긴 인간의 욕망, 아름다움과 럭셔리의 본질에 대해서도. 무분별하게 좋아 보이는 외형을 선망하거나 단순히 값비싼 것이 최고의 가치가 아님을 이해할 때, 단정한 삶과 소비를 가꿀 수 있다.

애석하게도 그 과정이 그리 즐겁지만은 않다. 누구나 알고 있는 당연한 것이기에 무료하게 느껴질 수 있다. 하지만 아무리 화려한 것도 그렇게 열광했던 것도 평평하게 느껴지는 시기가 온다. 평평함을 지루함으로 받아들이지 않고 그때 보았던 것을 잘 기억하고 싶다. 얼핏 평평해 보이는 기본에는 유행을 단번에 뛰어넘는 본연의 멋이 있기 때문이다. 오랜 시간이 지나 한눈에 반했던 사람에게서 보통의 매력들도 발견하게 되는 것처럼. 유명 브랜드를 좇지 않아도, 신상품을 매번 사지 않아도, 남들처럼 유행을 따르지 않아도 된다. 눈에 보이는 패션 이면의 '스타일'을 익히다 보면 감각이란 화려함에 있지 않다는 것을 알게 된다.

　패션에서든 일에서든 자기만의 스타일을 가진 사람이야말로 자유롭고 멋지다. 그 멋은 돈으로도 살 수 없으니까.

스스로 선택하고 성장하는 과정은
어딘지 모르게 불편하다.
몸에 맞지 않는 옷을 입고 있는 느낌이랄까.

작으면 리폼해서 입고
크면 다른 아이템과 섞어 스타일링하듯이
우리의 일과 생활을 차츰차츰
몸에 잘 맞도록 선택해야 한다.

효율을
따지지 않아야 할 때

효율. 인풋 대비 아웃풋의 효과가 좋은 것, 들인 노력과 결과의 비율을 말한다. 노력 대비 괜찮은 결과를 얻는다면 당연히 좋은 일이다. 특히 일의 세계에서 업무 프로세스가 효율적이지 않다면 개선해야 한다. 누군가가 비효율적으로 일해 답답함을 느낀다고 해도 죄책감을 가질 필요도 없다. 일을 착착 해내고 문제를 개선하는 것은 일하는 사람으로서 갖춰야 할 프로 정신이니까. 일상에서도 마찬가지다. 가성비, 가심비와 같이 성능과 심리적 만족감이 높을 때 지갑을 연다. 구매 버튼을 클릭하기 전에 가격 비교와 리뷰를 샅샅이 살핀다. 유난스러운 일이 아니다. 최대 만족감을 위한 기본적인 생활 태도다. 효율의 높낮이에 따라 안도감도 함께 움직인다. 아침이면 일어나고 밤에는 잠을 자는 것처럼 효율을 추구하는 것은 지극히 정상이다.

하지만 요즘은 '효율'이 부자연스럽게 느껴질 때가 있다. 결과 효율보다 투입 효율에 더 집중하는 것 같을 때다. 같은 결과라면 적게 들인 노력을 더 높이 평가하면서, 어느샌가 더 나은 결과보다 더 적은 노력에 집중한다. 효율을 추구하는 것과 쉬운 방법을 찾는 것은 분명 다른 일임에도 불구하고 일부는 겹친다고 여기기도 한다.

효율은 더 손쉽고 빠른 인생 지름길을 의미하진 않는다. 하지만 효율적일 필요가 없는 순간에도 효율을 따지고 있다. 가령 효율은 인생에서 어떤 선택을 해야 할 때 근시안을 갖게 한다. '무슨 일을 하며 어떻게 살 것인가' 같은 근본적인 문제에서 더더욱 그렇다. 예측되는 위험 피하기, 노력 대비 최고 결과 찾기, 선택지 장단점을 비교하며 선택해야 한다는 강박까지, 효율만

쫓다 보면 안정을 담보로 제자리에 머무르기 쉽다. 변화는 곧 두려움이 된다. 효율의 늪에서 진정 자신이 원하는 것은 쓸모없이 느껴진다. 온전히 좋아하는 것, 즐거움, 재미, 꿈도 형체 없이 희미해진다. 효율을 추구할수록 진심으로 내가 원하는 모습과 점점 멀어진다.

그 늪에 빠진 적이 있다. 마흔 살이 됐을 무렵 또 한 번 이직을 결심했을 때였다. 조직을 맡아 수십 개 스토어를 오픈하고 브랜드의 운영체계를 재정비하는 프로젝트로 몇 년을 달려온 상태였다. 대기업으로의 이직은 여러모로 효율적이었다. 연봉과 복지 혜택, 적절한 업무량, 야근 없는 환경, 아이를 돌보기에도, 길게 보고 일하기에도. 이제껏 정신없이 일했으니 안정적인 선택지도 괜찮을 거라 생각했다.

어딘가 잘못되었다는 걸 깨닫기까지는 그리 오랜 시간이 걸리지 않았다. 평균보다 조금 높게 남들보다 뒤처지지 않는 정도로만, 일반적인 기준에서 벗어나지 않는 선택하기, 그러니까 사실상 이미 정해져 있는 것을 수행했다. 내 선택은 없었고 그 안에서 길을 잃었다. 효율을 따지느라 정작 잊고 있었다. 나란 사람이 느끼

지금의 균형

는 행복의 기준, 일의 가치를. 계산기를 두들겨 효율적인 선택이라고 굳게 믿었던 나의 어리석음을 탓할 수밖에 없었다.

고개를 15도 정도 들고 앞을 멀리 내다봐야 할 때 효율은 그럴듯한 핑계가 되어준다. 매순간 효율을 재면서 당장의 성과를 기대하고 조급한 마음을 갖게 한다. '여기 들인 시간이, 노력이, 비용이 얼만데 고작 결과가 이렇다고?' 애초의 생각과 다르다는 이유로 목표를 쉽사리 포기하게 만든다. 인생의 장기적인 목표를 이루기 위해서는 '의도적인 비효율'이 필요하다.

야마구치 슈는 《어떻게 나의 일을 찾을 것인가》에서 앤 모로 린드버그의 말을 빌려 써놓았다. '인생을 발견하기 위해서는 인생의 낭비가 필요하다'고 말이다. 구체적인 행동 가이드도 있다. '30세에는 일하는 것을 멈추고 1, 2년 정도 놀게 한 뒤 자신의 30, 40대를 보낼 직업이나 회사를 다시 찾도록 하는 취업 시스템이 필요하다'는 부분이다. 허무맹랑하게 느껴지기도 하지만 생각해볼 말이기도 하다. 효율을 따지며 살아왔는데 현재의 모습이 원하는 삶이 아니라면, 낭비는 효율과 반대에 있으니까. 비효율을 감수하고 낭비하는 시간을 통해서 비로소 자신이 원하는 인생을 찾을 수 있을지도 모른다. 기약 없는 경험을, 묵직한 시간들을 견뎌내는 힘을, 비효율적인 선택을 해본 적이 없다면 더더욱 그렇다.

여러 세대를 걸쳐 많은 사람들의 입맛을 사로잡는 노포의 비밀 레시피는 시간이다. 이렇게까지 해야 하나 싶을 정도로 비효율적이다. 재료를 공수하는 방법, 일일이 손질하는 과정, 고집해온 요리 방식 등 시간을 묵혀 유일한 맛을 건져 올린다. 노포의 한 그릇 음식처럼 완벽해 보이는 누군가의 삶 또한 비효율의 시간을 지나오며 효율적인 방법을 끊임없이 시도하고 수정한 결과일 것이다.

거듭된 비효율에서 인생의 효율이 나온다. 최고의 결과를 위한 완벽한 선택은 한 번에 이룰 수 없다. 작은 데서부터 원하는 것을 선택하고, 그 과정에서 효율적인 방향을 찾아 작은 성공을 쌓는 것. 비효율의 시간이 선물하는 '인생 비밀 레시피'다. 인생의 낭비가 인생의

지금의 균형

발견으로 돌아올지도 모를 일, 진정한 것들은 비효율
속에 숨겨져 있다.

효율을
따져야 할 때

한번은 재미로 사주를 본 적이 있다. 사주를 봐주시는 분이 이렇게 말했다. "사람은 대부분 이중적이에요. 근데 허윤 씨는 다중적이에요. 아, 다양한 면이 있다는 뜻이에요." 마지막 말은 급히 붙인 것 같았지만 맞는 말 같다. '효율'에 보이는 태도는 다분히 다중적이다. 이게 도대체 말이 되냐면서 미세한 부분까지 효율을 들먹일 때면 스스로 대견하다가도 효율적이기만 하면 멋이 없다고도 생각한다. 효율과 비효율 사이를 오가며 삶에서 효율과 비효율을 어떻게 조율할지 고민한다.

자로 잰 듯한 규칙은 없다. 나름의 리듬이 있을 뿐

이다. 작고 짧은 목표는 효율을 따진다. 하루 중 해야 하는 일과 대부분이 해당된다. 업무, 아이와의 시간, 수면, 운동 등 그날 해야 할 일을 가르고 시간을 분배한다. 어떻게 해야 시간을 효율적으로 쓰면서 목표를 이룰지가 관건이다. 비효율에 대한 고민도 늘 함께 한다. 집안일을 할 때는 보통 오디오북을 들으며 손과 귀, 머리를 최대한 효율적으로 활용한다. 반대로 동네 산책 시간에는 아무것도 듣지 않는다. 비효율의 시간을 부러 낸다.

일상의 작은 목표는, 배드민턴을 칠 때 채를 짧게 올려 잡는 것과 같다. 힘이 더 실리는 느낌이라고 해야 할까. 상대편으로 힘껏 공을 치면 의도한 것과 아예 다른 방향으로 날아가기도 한다. 하지만 작은 목표들이니 괜찮다. 효율적인 방법을 찾아 다시 하면 된다.

일상에서는 매일의 기분이 가장 중요하다. 즐거움, 재미, 더 해보고 싶은 마음 등 눈에 보이지 않는 기분의 상태가 눈에 보이는 효율의 원동력이 된다. 그러니 산뜻한 기분을 위해서라면 매일을 애쓸 만하지 않을까.

리추얼 대신
기분

언젠가 강의에서 특별한 리추얼이 있냐는 질문을 받았다. '몇 시에 일어나서 매일 무엇을 합니다' 식의 대답을 해야 할 것 같았지만 솔직하게 말했다. "특별한 건 없고, 저는 아침에 기분을 좋게 만드는 것이 가장 중요해요." 틀에 박힌 것을 좋아하지 않는 성격 탓인지 '왜 꼭 그래야만 해?'라고 생각하기 때문이다. 어릴 적 리추얼 조기 교육(?)을 받은 탓에 생긴 부작용이라고도 생각한다.

중학생 때 아빠는 새벽 여섯 시에 삼남매를 깨워 아침 리추얼을 시켰다. 바닥에 두툼한 방석을 하나씩

지금의 균형

놓고 백팔배 후 참선하기. 요즘 버전으로 말하면 빈야사 요가를 하고 명상을 하는 것과 같다. 제아무리 좋은 의도라도 타인으로부터 내 삶에 씌워진 형식은 굴레처럼 느껴지는 법. 잠이 덜 깬 상태로 해야 하는 그 리추얼을 다 해내도 기분은 상쾌해지지 않았다. 거의 졸다시피 한 참선이 끝나고 나면 방 책상에 앉아 소리 내어 영어책까지 읽고 외웠다. 어찌나 하기 싫었던지 그때의 마음이 지금도 생생하다.

비슷한 마음을 토로해온 사람이 있다. 아침에 일찍 일어나 다이어리를 쓰고, 명상과 운동을 하고 출근한단다. 퇴근 후에는 블로그에 일상이나 업무와 관련된 기록을 하고, 자기 전엔 책을 읽고, 감사 일기를 쓴단다. 유튜브 채널을 운영할 계획도 있었다. 하지만 손에 잡히는 것 없이 어디로 가야 할지 모르겠다는 기분이 든다고 했다. 나라고 뾰족한 방법이 있는 건 아니었지만 어렸을 때를 더듬어 제안했다. "음, 그 리추얼들 말이에요, 한동안 모두 안 하는 건 어때요?" 상대방은 무슨 말이냐는 듯 놀라서 눈이 동그래졌다. "그러니까, 지금 하고 있는 수많은 좋은 일들이 무엇을 위한 걸까요?" 진심이었다. 그가 지금 해야 할 건 리추얼이 아니라 어디로 가야 할지 모르겠는, 정체 모를 기분을 먼저 들여다보는 일이었다.

매일 같은 시간에 같은 행동을 하지는 않지만 매일 아침, 단 하나 지키기 위해 노력하는 건 있다. '단정한 기분'이다. 하루를 시작하는 나의 기분을 잘 돌볼 것. 기분이 좋아야 하루의 생산성이 나온다고 믿는다. 이를 위해 아침에 일어나서 하는 일은 조금씩 다르다. 아침부터 너무 힘을 주거나 먼 미래의 목표를 생각하지 않는다. 그저 침대 이불을 단정하게 정리하고, 커튼을 열고 담담하게 오늘을 맞는 기분을 가지려 한다. 일어나자마자 핸드폰을 보지 않고, 차분한 음악과 글을 가까이하면서 느릿한 단정함을 위해 노력한다. 가벼운 스트레칭을 하거나 멍하니 창밖을 보기도 하고 반신욕하면서 좋아하는 음악을 듣기도 한다. 그러다 몸과 마음이 더 가는 방식이 있으면 한동안 유지하는 식이다. 지난겨울까지는 매일 만 보를 걸었다. 어떤 일을 시작하기 전에 마음의 시동을 거는 일이었다. 단조롭고 반

복적인 행동은 생각을 가다듬고 방향을 잡는 데 도움
이 된다.

어떤 식으로든 '단정한 기분'으로 아침을 시작할
것. 그래야 하루 중 기분이 헝클어질 때도 금방 다시 말
끔해질 수 있다. 그 지점을 아침마다 마음에 새기려고
한다.

일상에서는 매일의 기분이 중요하다.
즐거움, 재미, 더 해보고 싶은 마음 등
기분의 상태가 하루의 원동력이 된다.

그러니 '단정한 기분'으로
아침을 시작할 것.

디깅
내가 만족하는 선까지

"요즘 디깅digging하는 것 있나요?" 서로에 대해 이야기를 나누다 받은 질문이었다. 누군가를 알아가기에 '디깅 대상'은 좋은 대화 주제였다. 마침 나도 무엇 하나 디깅해볼까 하는 마음을 갖고 있던 차였다. 하지만 선뜻 답하지 못했다. 디깅하는 데 익숙한 편은 아니라는 걸 알기 때문이다.

A를 좋아하다가 금세 B가 좋기도 한, 어떤 대상을 '깊게'보다는 '넓게' 좋아하는 게 더 편하다. 이를테면 커피를 좋아하지만 원두 종류를 읊거나 로스팅에 대한 지식은 없다. 에스프레소는 우유 거품을 살짝 낸 마

키아토를 좋아하고, 유당 소화장애가 있어 여간해서는 라떼를 마시지 않지만 이탈리아에서 설탕을 듬뿍 넣어 마신 라떼를 그리워한다. 가끔은 시나몬 가루를 뿌린 카푸치노를 마시고 카라멜마키아토는 차갑게 주문해 디저트를 먹는 기분으로 마신다. 산미 있는 원두를 선호하는데 맛의 미묘한 차이에는 또 예민해서, 좋아하는 원두 브랜드 몇 개에 정착한 이후로는 커피에 큰 관심이 생기진 않는다. 반면 커피 맛이 좋은 카페를 찾는 데는 언제나 관심이 많다. 자연스러운 이런 행동과 달리 디깅은 마음먹고 해야 하니 부담을 느낄 거라고 지레짐작한다.

스스로의 성향을 알면서도 디깅이 무엇이냐는 질문을 곧바로 버리진 못했다. 그날 집에 돌아오는 길에 질문을 잘게 나누어 곱씹었다. 차 창밖 검푸른 하늘에서 둥글게 빛나던 보름달을 보면서도 생각했다. 디깅, 그러니까 조금 옛날 말로는 덕후가 부러웠던 기억이 있다. 불과 몇 년 전만 해도 쓸모없는 것을 깊이 파고드는 사람을 유별나다 여겼다. '뭘 저렇게까지' 하는 의구심 어린 눈초리를 피하기 어려웠달까. 워낙 남들과 다

지금의 균형

르다는 것에 민감한 구석이 많은 사회였다. 그럼에도 불구하고 '무언가에 빠져서 미칠 수 있다는 것이 얼마나 좋은가!' 하며 부러웠던 마음이 여전히 남아 있다.

디깅은 영어 단어 'dig'에서 출발해 하나를 파고든다는 뜻으로 다양한 분야에서 사용되고 있다. 디제잉 분야에서는 자신의 라이브러리를 꽉 채우는 행위를 칭하기도 하고, 한 분야에 진심으로 파고드는 덕후들의 행복한 순간이라는 뜻의 '디깅 모멘텀'이라는 말도 있다. 좋아하는 것에 몰두하면서 자신을 찾아가는 사람이 많아져 다행이다 싶으면서도 반대로 한 우물을 파지 않는다면 '나'를 모르는 건가 의아했다.

디깅이 1부터 100까지 모든 단계를 치열하게 섭렵하는 경험이라면 내 방식은 순서를 정하지 않고 다양하게 시도하면서 넓게 파는 형식이다. 넓게 파기 위한 시작과 종료 지점은 자기 만족이다. 결과가 100점이 아니어도 괜찮다. 80점 혹은 50점에서라도 '이제 그만 할까? 이 정도 즐기고 좋아하면 된 것 같은데? 나는 만족!'이라는 신호가 마음속에서 올라온다. 동시에 더 깊은 세계를 알아가고 싶은 큰 흥미도 사라진다. '내 만족의 기준이 낮은 건가' 지금 이 글을 쓰면서 잠시 고민해보지만 '디깅은 깊을 수도, 넓을 수도 있는 거 아닌가' 반문하게 된다. 한 우물만 파지 않았기 때문에 만들 수 있었던 나만의 다채로운 웅덩이를 상상하면서.

덕분에 '맨땅에 헤딩'하는 것이 두렵지 않다. 관심 가는 것이 있다면 새로운 경험이라도, 그 과정이 혹여 길고 지난하다고 해도 '나의 느낌'을 알아가는 것이 진짜 즐거움이라는 걸 안다. 가령 혼자 미술관이나 음악회를 즐겨 간다. 이 역시 이십 대부터 했으니 디깅이라면 디깅이겠지만, 정작 미술사나 작품에 대한 깊은 지식을 줄줄 말할 순 없다. 보고 즐기다 궁금한 부분이 생겨야 미술사를 찾아본다. 대신 좋아하는 미술 작가에 대해서는 왜 좋아하는지, 어떤 부분에서 무슨 감정을 느꼈는지 자신 있게 이야기할 수 있다.

음악도 마찬가지다. 장조보다는 단조를, 피아노 협주곡과 바이올린 협주곡을 좋아하고 몇몇 연주자를 반복 재생하며 듣지만 클래식을 디깅하는 거라고 선뜻 말하기는 어렵다고 생각한다. 속도가 아주 느리고 방향도 제멋대로이긴 하지만 이렇게 깊은 즐거움을 디깅이 아니라면 뭐라고 부를 수 있을까.

어쩌면 내가 끝까지 파고드는 단 하나의 무언가는 나의 즐거움 아닐까. 세상에 수많은 것을 경험해보고 싶은 마음, 더 넓게 다양한 감각을 활용하고 싶은 욕구. 이를 위해 '이 정도면 충분하다'고 느끼는 지점에서 멈추거나 '굳이 힘을 쓰지 않는다'고 여길 수 있도록 에너지를 분배하는 감각에 집중한다. 물론 현실(일)에서는 끝까지 달리느라 기진맥진했던 경우가 다반사지만, 나의 만족을 가장 중요하게 여기는 마음은 늘 있었다.

이러다 또 모를 일이다. 더 깊게 파고들고 싶은 대상이 나타날지도. 분명한 건 지금도, 그때가 온다고 해도 즐거울 것이다. 한 우물만 파진 않았지만 나만의 여러 웅덩이를 만들었기에 깊게 우물을 팔 자신도 생겼으니까.

한 우물만 파지 말자.
나의 우물을 파기 위해서.

루틴을 가진 사람들의
비밀

'루틴' 하면 작가 무라카미 하루키가 떠오른다. 매일 새벽 같은 시간에 일어나 책상에 앉아 글을 쓰고 오후에는 달리기를, 늦은 오후부터는 휴식을 하다가 밤 아홉 시면 잠자리에 든다.

하루키의 에세이 중에 여행기에 가까운 《먼 북소리》를 가장 좋아한다. 그가 마흔 살일 무렵 어디론가 떠나야 한다는 마음의 소리를 따라 이탈리아, 그리스 등 유럽에서 몇 년 동안 체류한 기록을 담은 책이다. 어김없이 달리기 이야기도 나온다. 달리면서 마주한 각 도시 사람들에 대한 재치 있는 묘사들을 읽다 보면 웃음이 터진다. 달리는 하루키를 보고 어느 그리스 아저씨는 신기하다는 반응을 서슴없이 드러내고, 할머니들은 달리기가 몸에 좋지 않다는 둥 걱정하면서 독한 술 한 잔 하고 가라고 한다. 꼭 여럿이 수다를 떨면서 달린다거나 조깅하면서 멋을 많이 부린다는 이야기에서는 정말 이탈리아 사람들답다고 느꼈다. 그들은 발렌티노 상하의를 입고 미쏘니 수건을 두른다는데, 달리는 와중에도 다 알아본 하루키도 재미있다. 하루키는 너무 빠르지도 느리지도 않은 속도로 달리면서 사람들과 동네 정경을 바라보는 게 좋다고 했다. 자주 잊어버린 채 살고 있지만 자신도, 다른 사람도 살아 있음을 실감할 수 있다고.

하루키의 루틴 중 아주 일부라도 따라해보지 않은 사람이 있을까. 그의 루틴에는 다채로운 이야기가 담겨 있다. 루틴에 익숙하지 않은 나도 다양한 이야기를 읽을 때면 루틴의 힘을 믿고 싶어진다. 여러 루틴을 시도하고 실패하길 여러 번, 가만 보니 자신만의 루틴을 정착시킨 사람들의 공통점이 있다. '삶의 목표'가 확실하다. 하루키도 글쓰기 하나를 남기고 나머지 생활을 최대한 단조롭게 만들었다. 젊은 시절 그가 재즈바를 운영할 때의 생활 습관과 소설가로서의 루틴은 사뭇 다르다. 소설가로서의 하루키처럼 목표가 단단할 때 루틴이 더욱 빛을 발하는 것이다.

삶의 목표를 위한 루틴을 만들 것. 그 루틴이 도구를 넘어 삶 자체가 될 것. 이것이 루틴과 리추얼을 바라보는 이상적인 자세. 우리는 종종 순서를 바꾸어 생각한다. 목적보다 형식을 중요하게 여긴다. 잘 살기 위해서 해야 할 일은 또 얼마나 많은지. SNS에 쏟아져 나오는 방법을 따라하다 보면 하루가 모자랄 지경이다. 목표 없는 '열심'과 같다.

루틴보다 중요한 건 인생의 목적이다. 어디로 갈지 모른 채 열심히 노를 젓고 있는 건 아닌지 늘 경계해야 한다. 루틴의 목적을 중심에 두고 '루틴 없음'과 '루틴 있음' 사이를 오간다. 의미 없는 쳇바퀴를 마구 만들고 싶지는 않다. 이런저런 루틴을 가볍게 시도하는 것부터 시작한다. 형식과 내용 중 무엇이 먼저인지는 '닭이 먼저냐 알이 먼저냐'와 같이 끝없는 이야기다. 내용에 형식을 갖추는 방법 또는 형식에 내용을 채우는 방법 중 정답은 없다. 다만 하루 안에 너무 많은 형식을 갖추거나 내용 없이 형식만 있다면 곤란하다. 큰 틀에서 루틴을 시도하면서 삶의 목적을 차츰 선명히 할 뿐이다. 그리고 작은 목표들을 실행하며 루틴의 형식을 다듬어가는 것이다. 형식은 변하더라도 내용, 즉 목적이나 방향은 변하지 않는다.

다른 사람의 '형식'이 아닌, 스스로 만족하는 '내용'으로 하루를 채워가는 것이 중요하다. 리추얼이든 루틴이든 그 목적은 삶의 균형, 결국 인생의 행복을 위해서다. 그러다 언젠가 하루키처럼 루틴이 곧 삶이 되는 날을 꿈꾼다.

주어진 선택지 외에
아무것도 선택하지 않는 방법도 있다.
사회적 기준이 아닌
자신이 생각하는 가치를 따라
새로운 길을 만들어가는 것.
단번에 가능하진 않겠지만
나만의 선택들이 거듭될 때
비로소 산뜻한 기분이 된다.

힘껏
내 쪽으로 당기기

우리는 삶에 무언가를 끼워 넣는다. 리추얼, 루틴, 디깅처럼 요즘 유행하는 것이든 사소한 것이든. 일상이 일에 매몰되지 않도록 삶의 균형을 위해서 혹은 나를 더 알아가기 위해서 등 구체적인 이유는 각기 다르다. 그 가운데서도 우리가 공통적으로 알고 원하는 게 있다. 수동적인 삶은 싫다는 것. 내 삶의 자율권을 찾고 싶다는 것.

균형감 있는 생활은 중요하다. 허나 그렇다고 매일의 균형이 '인생의 균형'을 이뤄줄 수 있을까. 균형이 단순히 물리적인 시간의 분배를 뜻하는 거라면 매일

지금의 균형

일정 시간에 리추얼이나 루틴을 하고 저녁이 있는 삶을 보내는 게 맞을지도 모르겠다. 매일 밸런스를 지키면서 살고 싶다며 워라밸Work and Life Balance을 한창 이야기한 적도 있으니까. 워라밸에서 더 나아가 일하는 새로운 방식, 더 적은 노동시간 등을 이야기하는 지금은 어떤가. 우리가 원했던 균형은 단순히 물리적인 시간이 아니라는 것을 느끼고 있다. 내가 원하는 환경에서 하고 싶은 일을 하면서 자유로이 사는 삶, 이를 위해 반대편 저울에 달아야 하는 그 무언가까지 생각하면 삶의 균형은 적당히 평온한 상태가 아니다. 때로는 느슨하고 때로는 왁자지껄한 상태에 가깝다.

회사에 다닐 때는 일이 곧 생활이었다. 하루 단위로 보면 균형은 찌그러진 캔마냥 일그러져 있었다. 일과 휴식이 뒤섞인 생활이 계속됐다. 모든 루틴은 일을 잘하는 데 맞춰져 있었다. 방향이 명확했기 때문에 오히려 루틴도 심플했다. 잘 자고, 일찍 일어나고 스트레스를 달래가며 개인 능력을 높이는 데 집중했다. 즐거운 날도 있었고 괴로운 날도 있었다. 그런 기분의 기준도 어디까지나 일의 성취와 나의 성장이었다.

하루하루 뒤죽박죽이었지만 균형이 무너졌다고 생각한 적은 없었다. 오히려 인생을 스스로 선택하지 못하고 있다는 생각이 들 때, 타인에 의해 인생이 원치 않는 방향으로 흘러가고 있다고 느껴질 때, 열심히 달리고 있지만 수동적으로 살고 있다고 생각될 때, 삶의 불균형을 실감했다. 그러한 삶에는 나란 사람 자체가 존재하지 않았다.

균형이 깨졌다고 느낄 때마다 판을 깼다. 내 쪽으로 더 힘껏 줄을 당겼다. 때론 더 많은 잔해가, 더 많은 짐들이 넘어오기도 했다. 그럼에도 가까스로 중심을 잡았던 건 시간의 정직함을 믿었기 때문이다.

대충 해서 큰 성과가 나오거나 일을 잘하게 되기란 만무하다. 적게 일하고 큰돈을 계속 버는 일도 없다. 아웃풋은 삶의 한 구간에서 씨앗을 심은 결과다. 눈에 보이는 아웃풋을 위해서는 일정 기간 동안 그 이상의 인풋이 있다. 당장 결과가 부족하다고 느껴진다면 지금을 인풋하는 시기로 삼겠다는 마음으로 삶 전체의 균형을 맞추는 데 집중해야 한다. 세상은 보기보다 척박하고 보기보다 훨씬 정직하다. 바른 방향으로 겹겹이 쌓아올린 시간은 배신하지 않는다.

　'균형'을 지금까지와는 조금 다르게 정의해야 할 때다. '하루'에서 인생으로, 좀 더 범위를 넓혀서 단위를 몇 달이나 몇 년으로 잡을 수 있다. 인생의 어떤 기간에는 눈코 뜰 새 없이 바쁘게 보내다가 한가한 시간을 만들어내서(절로 생기지 않으니까) 자신의 중심을 잡는 것이다.

　사람마다 하고 있는 일의 종류와 규모, 살아가는 방식도 다르다. 루틴과 균형을 규격화할 수는 없다. 각자 자신만의 균형점을 찾아가는 과정을 거쳐야 한다. 중요한 건 균형 자체가 아니라 균형을 통해 바라는 삶의 목적이라는 사실이다. 원하는 균형 감각은 무엇인가? 이루고 싶은 삶의 모양은 어떠한가? 그에 따라 균형에 대한 정의도, 방식도 달라져야 하지 않을까. 때로는 세상이 말하는 균형과 거리가 멀어 보이더라도.

SNS를 하는
이유

    SNS는 현대 사회의 생활 필수품 같다. 소통을 위해서든 기획을 위해서든 다양한 정보와 재미, 영감을 얻기 위해서든 사람마다 활용하는 방식은 제각각이더라도. 시대를 거스르지 못하고 나 또한 SNS를 사용하지만 서툴고 마음 내킬 때만 하는 편이다. 한창 일할 때는 오히려 지금보다 SNS를 덜 했다. 주로 업계나 브랜드 등 시장 조사를 할 때 잠깐 사용하고 론칭한 결과물을 따로 홍보하지도 않았다. 지금 같으면 너무 소극적인 자세일지 모르겠지만 그렇다고 잘못된 태도라고도 할 수 없다. 결과보다 개인을 앞세우기 싫은, 굳이 그러고 싶지 않은, 그럴 겨를도 없는, 상황과 성향이 다를 뿐이었다. SNS가 일상이 된 지금은 그때와 다르다. 조사도 홍보도 누구나 할 수 있고 때론 남들만큼, 남들보다 더 해야 하는 당연한 일처럼 여겨진다.

　SNS 사용이 숨쉬듯 자연스러워지면서 타인과의 비교도 일상이 되었다. '비교'에는 신기한 점이 있다. 어느 누구도 비교당하는 건 싫어하면서 능동적으로 자신을 비교하며 살아간다는 것. 엄마가 친구 자식들과 비교할 때, 남자친구가 다른 커플 이야기를 할 때 불같이 화내면서 동시에 SNS 속 삶을 자신의 삶과 비교한다.
　손바닥 안 네모 속 사람들은 모두 행복해 보인다. 좋은 곳에 가고 멀리 여행을 떠나고, 무언가를 이루고, 걱정 같은 건 하나도 없다는 듯이. 이때의 SNS는 독이 된다. 타인의 화려한 일상을 구경하며 소중한 시간을 낭비한다. 동경하는 마음은 집채만 한 파도가 되어 일상을 단숨에 삼킨다. 타인에 대한 감탄이라는 탈을 쓴 비교는 습관이 되어 우리 삶을 갉아먹는다.
　SNS로 자신과 타인을 비교하며 괴로운 감정이 들

거나 계정을 삭제하는 사람들의 이야기를 머리로는 이해하면서도 '굳이?'라고 생각할 때가 간혹 있다. 그럼에도 이내 '괴로울 때가 있을 수도 있겠지'라고 마음을 헤아리는 이유는 비교하는 마음이 주는 괴로움을 잘 알기 때문이다.

변변한 SNS가 없던 신혼 시절, 친한 지인의 신혼집에 놀러갔을 때였다. 그전까지 우리 부부의 작은 오피스텔 신혼집은 아무 문제가 없었다. 하지만 지인의 집과 비교하는 순간 행복은 온데간데없었다. 행복이 있던 자리에 들어선 그 기분을 처음에는 정확히 알 수 없었다. '무슨 감정이지? 초라하고 헛헛한, 어두컴컴한 이 느낌은 대체 뭐지?' 하며 며칠을 흘려보냈다. SNS를 들여다보다가 생긴다는 감정, SNS 밖 현실에서도 시시때때로 찾아오는 느낌, 무력감이었다. 어떤 노력으로도 해결되지 않을 것 같은 기분, 출발점이 다르다는 자각, 순진함에 대한 뒤늦은 자책, 희망이라고는 어디에도 없을 것 같은 잘못된 믿음. 순식간에 영혼은 텅 빈 상태가 되었다.

그 늪에 빠져 느꼈던 질척거리는 기분을 다시는

느끼고 싶지 않았다. 공허한 마음 대신 스스로 만드는 경험과 즐거움으로 채우려 애쓰기 시작했다. 지인의 신혼집을 다녀온 후 얼마 지나지 않아, 혼자 밀라노로 공부하러 떠날 기회가 있었다. 3년 동안 밤낮없이 일하던 첫 직장생활을 그만두고 가진 갭이어였다.

이탈리아의 하늘은 유난히 파랗고 햇살은 따갑게 느껴질 정도로 빛났다. 자연은 항상 이렇게 말해주는 듯 했다. '옆을 볼 필요가 없어. 그냥 너의 길을 가면 될 뿐'이라고. 부지런히 배우고 애쓰는 하루하루가 주는 메시지였다. 빨간 중고 클래식 자전거를 타고 동네 장터에서 산 식료품을 바구니에 싣고서 바람을 가로질러 돌길 따라 집으로 돌아오는 길, 기차를 타고 이름 모를 소도시에서 보낸 하루…. 천천히 느릿느릿 별것 아닌 일상에 모든 행복이 깃들어 있었다.

그곳에 머무는 동안 일상의 사소함을 눈여겨보고 현재에 감사하는 마음을 기를 수 있었다. 이러한 마음들이 한국에 돌아온 나의 현실을 드라마틱하게 변화시키진 않았지만, 그때 그 마음을 주춧돌 삼아 하루하루를 단단하게 건너올 수 있었다.

그 이후 시작한 SNS는 드문드문하게나마 살아 있다. 처음에는 육아일기처럼 시작했다가 직장 생활하며 마음이 힘들 때 커리어를 정리해놓은 블로그부터 드물게 하는 유튜브, 인스타그램도 있다. 자랑할 것은 전혀 못 되고 일상의 단편, 그때그때 떠오른 개인적인 생각에 가깝다. 생각 남기기를 좋아하는 성향 때문에 누군가에게 도움이 되면 좋겠다는 마음으로 기록한 사소한 이야기들도 있다. 언제까지 SNS에 무언가를 끄적일지는 모르지만 지나가는 누군가에게 일상의 사소함을 눈여겨보고 감사할 수 있는 용기와 따뜻함을 건넬 수 있다면 더할 나위 없겠다. 나 역시 누군가의 SNS에 비교보다 따뜻함을 느끼는 지금의 마음을 잃지 않고 싶다.

지금의 균형

경쟁 아닌
자신만의 경지로

2022년 반 클라이번Van Cliburn 콩쿠르에서 피아니스트 임윤찬이 최연소로 우승했다. 조성진처럼 세계적인 콩쿠르에서 우승한 한국인이 또 나와 기쁜 한편, 사람들의 열광이 새삼 신기했다. 한때겠거니 싶었지만 그의 인기는 식을 줄 몰랐다. 결승곡이었던 라흐마니노프Rachmaninoff 피아노 협주곡 3번 연주 영상은 유튜브 천만 조회수를 넘겼다.

나도 그의 연주 영상 대부분을 보고 들었다. 오케스트라 협연부터 파리 루이비통 미술관에서의 독주회까지 자유자재로 연주하는 모습에 눈을 뗄 수 없었다.

어떤 영상의 댓글에선 그의 연주를 '보는 클래식의 세계'라고 이야기했다. 깊이 공감했다.

실제로 그가 연주할 때 몰입감은 그 자체로 예술이다. 그저 음악을 연주하는 게 아니라 그 스스로 시가 되어 말을 거는 듯하다. 콩쿠르 영상에서는 긴장감 없이 연주를 즐기는 모습도 볼 수 있다. 동네에서 즐겁게 뛰노는 아이의 맑은 영혼과 슬픔을 엮어 동시에 표현한다. 어떻게 이게 가능한가 싶어서 하던 일을 멈추고 자꾸 화면을 되돌린다.

반 클라이번 콩쿠르 우승자 발표가 끝난 후 이뤄졌던 인터뷰 영상도 있다. 앞으로 어떤 피아니스트가 되고 싶냐는 질문에 그는 '사실은 커리어에 대해서 전혀 관심이 없는 사람이고 단지 음악을 잘하고 싶을 뿐'이라고 대답했다. "(제 꿈은) 모든 것을 버리고 산에 들어가서 피아노를 치며 사는 것인데, 그렇게 되면 수입이 없으니 어쩔 수 없이 이렇게 (살아가고 있다)"며 "내년이면 한국 나이로 성인이 되는데 그전에 제 음악이 얼마나 성숙했는지 확인해보고 싶었다"고 덧붙였다.

지금의 균형

생전 클래식을 싫어했다는 사람도, 팔순 가까이 되는 사람도 그 덕분에 클래식을 듣는다고 했다. 영상의 수많은 댓글을 통해 그의 연주를 보면 영혼이 맑아지는 느낌이라고들 고백한다. 경쟁이 아닌 자신만의 경지를 위한 노력, 예술과 생을 진심으로 사랑하는 순도 백 퍼센트의 마음이 전해졌기 때문일 것이다. 임윤찬의 연주를 보고 있으면 내면으로부터의 순수한 열정을 대신할 수 있는 건 아무것도 없다는 걸 실감한다.

단색조 추상화가
정상화 작가의 전시를 보러 갔다가
인터뷰 영상 앞에 머물렀다.
'내 작품에 특별한 내용은 아무것도 없다.
그저 보고 느끼면 그걸로 끝이다…
나는 대단한 것을 하는 사람이 아니라
그저 좋아서 매일 해왔을 뿐이고
그냥 언뜻 스치면서 저런 영감이 있었구나
하는 정도로 봐주면 좋겠다'는 말이
마음에 남는다.

노동집약적 작업이 곧 일상인
그리 특별할 것 없는
평범이 된 경지에서나 할 수 있는
이야기 아닐까. 멋지다.

돈을 대하는 자세

돈은 누군가에게 보여주기 위해서가 아닌 궁극적으로 삶의 질을 높이는 데 써야 한다고 생각한다.

이를 실감했던 최초의 기억은 서른 즈음, 열심히 모은 마일리지로 비즈니스석을 발권했던 때였다. 줄설 필요 없는 체크인, 열 시간 넘도록 두 발 뻗고 편히 쉴 수 있는 좌석, 세심한 서비스와 다양한 음식까지 좋은 경험이 주는 기분을 저장해뒀다. 매번 비즈니스석을 탈 수는 없었지만 독립적인 공간과 자유로운 시간이 돈의 중요한 가치임을 알게 됐다.

방을 정리하다가 이십 대 연애하던 시절의 사진을

발견했다. 공원에 놓인 돗자리에 작은 와인병과 백화점 지하 식품관에서 산 샐러드가 있었다. '와, 이때도 즐거움을 놓치지 않으려고 어떻게든 나만의 방법을 찾았구나' 싶었달까. 가능한 여력 내에서 즐거움을 추구해왔다. 나만의 속도로, 경험하고 싶은 범위를 정해서 하나씩 시도했던 그때의 소비는 낭비가 아니라 고스란히 쌓이는 자산이다.

얼마 전 블로그에는 댓글이 달렸다. 자신은 회사를 다니면서 대학원을 병행하고 있는데, 나는 어떻게 일과 학업을 병행하면서 재테크도 공부했는지 물었다. 블로그에 썼던 '이삼십 대로 돌아간다면 돈을 잘 굴리는 방법에 더 관심을 가졌을 것'이라는 글에 궁금증이 생긴 모양이었다. 간단히 답변을 남겼다. '특별히 재테크 공부에 많은 시간을 할애한 적은 없습니다. 본업에 충실하고, 연봉을 차츰 높여, 좋은 타이밍에 가치가 오를 자산을 산다면 재테크는 어느 정도 되지 않을까요?' 교과서 같은 이야기지만 나는 그렇게 했고 부자는 아니지만 최선의 답변이기도 했다.

많은 고민의 근본에는 작든 크든 돈이 연결되어 있다. 부모님이 열심히 공부하라고 잔소리했던 이유부터 취업, 이직, 퇴사 고민까지 어느 하나 돈으로부터 백 퍼센트 자유로운 건 없다. 결혼, 집을 사는 문제, 이사, 노후 등 인생의 모든 선택도 마찬가지다. 돈은 우리 삶에서 한 귀퉁이를 차지한다. 그러니 돈을 잘 쓰면서도 돈을 잘 벌고 잘 굴리는 데도 관심을 갖는 편이 여러모로 살아가는 데 쓸모 있지 않을까. 현실에 두 발 붙이고 자신을 성장시키는 노력을, 돈을 쓰면서 잘 벌고 잘 굴릴 궁리를, 현실적인 욕심을 놓치지 않으면서. 더도 덜도 말고 더 어른이 되어서도 경험하고 싶은 것들을 마음껏, 내 속도대로 경험할 수 있도록 말이다. 내 삶의 질을 높이는 돈과 우아하고 친밀한 관계를 만들고 싶다.

어른이 되어 하는
공부의 장점

배움에는 끝이 없다. 어쩌다 보니 회사를 다니면서 시작한 공부가 아직 진행 중이다. 회사 다니는 동안 휴학과 복학을 반복하며 한 과정 졸업하는 데 꼬박 10년씩 쓰고 있다. 이런 모습이 공부를 업으로 삼는 사람에게는 느슨하다는, 일을 업으로 삼는 사람에게는 치열하다는 인상을 주나 보다. 정작 나는 '일하다 보니 배우고 싶은 것이 있었고, 중간에 일이 바쁜 시기가 많았으며, 육아와 이런저런 사정에 의해서 지금의 상태에 이르렀습니다'라고 말할 수밖에 없다. 머쓱하지만 뭐, 흘러가는 대로 할 수 있는 만큼 하다 보니 지금이다.

학창 시절 공부를 좋아하는 학생이 아니었음에도 불구하고 지금의 배움은 즐겁다. 학생 때와는 다르게 '바로 써먹을 수 있다'는 데 매력이 있다. 일과 공부, 양쪽 모두에 실전 활용성이 높다고 해야 할까. 스스로 생각하고 질문하게 된다. 공부를 하면서 '저게 맞아? 현장에서는 다르게 움직이는데?' 하며 왜 그런지 파고들거나 반대로 실제 현장에선 '배운 것'을 응용해서 적용할 수 있다.

입사 2년 차에 들어간 대학원에서는 브랜딩을 공부했다. 학부에서 디자인과 경영을 전공했는데 또 다른 영역에 호기심이 생겼기 때문이었다. 브랜딩과 광고 실무 강의를 통해 영역을 넓히고 일에 적용하는 재미를 느꼈다. 이탈리아 밀라노에서의 학교 생활 역시 살아 있는 공부였다. 쉬는 시간에 "저기 톰 포드Tom Ford가 지나간다!"는 말에 복도 창문으로 뛰어가는가 하면, 1유로의 에스프레소와 럭셔리 브랜드들의 쇼윈도를 구경하는 것도 등굣길의 즐거움이었다. 패션쇼와 디자인 페어를 보고, 플리 마켓에서 몇 십 년의 세월을 품은 빈티지 가방을 구경하고, 아웃렛에서 보물을 건지는 연습을 하면서 디자인이 어디서 와서 실제로 만들어지고 어떻게 소멸되는지 몸으로 직접 느꼈다.

요즘은 각종 플랫폼의 강의부터 세미나, SNS, 자격증까지 마음만 먹으면 무엇이든 배울 수 있다. 공부만 하고 실행하지 않는다면 돈과 시간을 낭비하는 일이다. A 강의를 듣고, B 강의를 듣고는 또 다른 면을 발견하고, C 강의, D 강의… 공부에 완성을 바란다면 실행은 계속 멀어진다. 실용적인 분야에서 실전 없는 이론이나 배움은 의미가 없다.

어떤 것이든 우리가 배우는 이유는 '잘 써먹는' 데 있다. 배우는 행위에만 만족하고 실제 일과 삶에 적용하지 않는다면 공부에 무슨 의미가 있을까. 지식 습득과 실행은 동시에 이뤄져야 한다.

다시
아마추어가 될 용기

예전에 감명 깊게 들었던 강의를 1년 후에 다시 들은 적이 있다. 분명 강연자는 좋은 이야기를 했는데 1년 만에 그 이야기가 '옛날 이야기'처럼 느껴져서 당황했다. 내게 따라붙던 전문가라는 단어에 늘 어색했던 마음이 떠오른 것도 이때부터였던 것 같다. 업데이트하지 않은 기존 지식으로 전문가의 역할은 한계가 있다.

모든 것은 변한다. 지금은 한 분야에서 전문가 수준일 수 있겠지만 빠르게 변화하는 시대에 큰 의미가 있을까. 어제의 정답이 오늘의 오답일 수도 있다. 트렌드 책이 서점에 깔리는 동시에 트렌드가 아닌 것처럼 말이다. 열심히 올라가서 높은 곳을 차지한 순간 그 자리가 무너진다 해도 놀랄 일이 아니다. 세상이 빠르게 변하는 만큼 정보가 넘쳐난다. 그러니 프로와 아마추어 사이를 유연하게 오갈 필요가 있다. 고정되는 순간을 두려워하고 새로운 분야에서 아마추어가 되기를 주저하지 않는 것이다.

기본 지식을 갖추고 정보를 지속적으로 업데이트하면서 실제 경험해 갖게 된 자신만의 관점. 그것이 나만의 이야기이고 그 관점이 희소성 있고 차별화될 때 비로소 전문가가 된다.

한 분야의 전문가로 시작했지만 나중에는 여러 분야까지 아우르는 사람으로 거듭나는 요즘 전문가의 비밀도 여기에 있지 않을까. 프로와 아마추어를 유연하게 오가는 경지에 올라본 것. 물론 내게도 먼 이야기처럼 느껴진다.

2

발견하다

갸우뚱하게
바라보기

프랑스의 철학자이자 소설가 장 그르니에Jean Gre-nier는 《섬》에서 달에 대해 이렇게 표현했다. '달은 우리에게 늘 똑같은 한 쪽만 보여준다. 생각보다 많은 사람들의 삶 또한 그러하다. 그들의 삶이 가려진 쪽에 대해서 우리는 짐작으로밖에 알지 못하는데, 정작 단 하나 중요한 것은 그쪽이다'라고.

지레짐작한 겉모습으로는 속을 알 수 없다. 일도 마찬가지다. 어떠한 일이든 요구되는 감각은 다양하다. 겉모습이 화려하다고 해서 화려한 감각만 필요한 건 아니다. 감각이 특히 중요해 보이는 패션이 그렇다.

패션계 종사자들에게 옷을 잘 입는다는 건 감각을 증명하는 일이다. 트렌디한 브랜드와 패션으로 자신을 표현해야 한다는 암묵적인 스트레스가 있다. 한창 패션을 공부하는 이십 대 친구들의 이야기를 들을 때면 그러한 현실을 더욱 떠올린다. "저는 옷을 그렇게까지 좋아하지 않는 것 같아서 고민이에요. 옷 디자인에는 별로 관심이 없거든요." 이렇게 말하는 친구들도 패션에 열정적이다. 하지만 그들은 상대적으로 좀 더 열정적인, 화려한 감각을 기준으로 자신에게 과연 재능이 있는지 모르겠다고 말한다.

좋아하는 일을 찾는 일이 어렵다고들 한다. 무얼 좋아하는지 모르겠다고, 좋아한다고 생각한 일을 막상 해보니 싫어진다고도 한다. 각기 다른 말이지만 그 출발점은 같다. 좋아하는 마음 자체를 느끼고 누리기도 전에 다른 누군가와 자신을 비교하는 마음. 과연 내가 저 정도로 이 일을 좋아하는지, 열정이 있는지 비교한다. 자신의 재능과 노력을 탓한다.

자신을 탓하기 전에 고개를 옆으로 갸우뚱 기울여

보는 시간이 필요하다. 가우뚱, 사물의 다른 면을 보는 연습이다. 하나의 일에도 다양한 면모가 있는 만큼 일할 때도 가우뚱, 바라보는 것. 식품업계에서 일한다고 모두 미쉐린급 셰프가 돼야 한다는 법은 없다. 요리는 못하지만 사람들이 어떤 음식을 좋아하는지 잘 아는 감각, 신선하고 특이한 재료를 어디서 공수해오면 좋은지 아는 능력, 남다른 플레이팅 센스, 상황에 따라 맛집을 추천하는 능력, 음식을 소재로 글쓰는 능력, 손익구조를 짜고 비즈니스를 확장하는 경영 마인드, 식재료를 유통하는 일, 기업에서 가공식품을 개발하는 능력, 요리에 대한 설명과 친절함으로 고객을 만족시키는 서비스 감각까지, 식품업계의 면면에서도 여러 종류의 감각이 존재한다.

　　마찬가지로 패션업계에서 일하기 위해서 매 시즌 주목받는 컬렉션을 선보이는 디자이너가 돼야 하는 건 아니다. 브랜드 경영 감각, 마케팅 세일즈 능력, 남다른 홍보 실력, 스타일링 감각, 큐레이션 감도가 뛰어난 사람, 온라인으로 스토리를 잘 풀어서 표현할 줄 아는 감각 등 화려함을 만드는 데 많은 감각이 필요하다.

그 사람만의 감각이 그 사람을 만든다. 다양한 면모 중 하나를 완벽히 잘하는 사람이 있을 수도 있다. 누군가는 서너 분야에 뛰어난 능력을 보이기도 한다. 또는 두루두루 아우르는 사람도 있다. 모든 각도에서 완벽한 능력을 갖춘 사람도 모든 감각에 뛰어난 사람도 없다. 그럴 필요도, 그래야만 하는 이유도 없다. 자신만의 영역을 차근차근 만들어가면 된다.

작은 규모에서 모든 것을 혼자 힘으로 해내기를 좋아하는 사람, 큰 조직에서 조직관리를 잘하고 커뮤니케이션 감각이 탁월한 사람, 고객에 대한 이해도가 뛰어난 사람, 생산 프로세스, 이커머스 시스템을 잘 다루는 사람, 소재에 대한 지식이 풍부한 사람, 여러 지식을 잘 엮어내는 사람, 브랜딩을 잘하는 사람 등 한 분야에는 다양한 얼굴이 모여 있다.

패션에 열중하던 이십 대를 지나, 숙제로 느꼈던 시기를 넘어 이제 패션은 피부 같은 존재가 되었다. 몸에 가장 가깝고 어색하지 않은 무엇으로. 때로는 일이기도 하고, 때로는 누군가에게 잘 포장해서 넘겨줘야 하는 이야기가 담긴 그릇이기도 하다. 패션을 단지 옷으로 보지 않고 비즈니스로, 브랜드로, 고객으로, 문화로, 사회적 현상으로 바라보다 보면 사람, 공간, 생활, 생각들이 연결되는 지점이 보이기 때문이다. 이것이 나만의 감각이기도 하다.

우리는 저마다의 감각을 지니고 있다. 내 안 어디에 숨어 있는지 기어코 찾아내서 자신만의 감각을 즐기는 기쁨을 느낄 수 있었으면 좋겠다. 감각에는 크고 작음이 없다. 그러니 타인의 감각에 작아질 필요도 없다. 차분히 들여다보고 나만의 감각을 꺼내어 현실에서 잘 활용할 수 있는 실력을 키우면 된다. 중요한 건 눈에 보이는 화려함보다 기본적인 감각으로 '나 자신'이 되는 것일 테니.

인스타그램에는
감각이 없다

　　앞으로 기획 일을 하고 싶다던 그는 감각 키우는 법을 물어왔다. "많이 보고 다니세요. 자꾸 봐야 늘어요." 너무 뻔한 말이지만 사실이었다. 그래도 이보다 더 좋은 표현이 없을지 고민하고 있는데, 뜻밖의 이야기를 들었다. '핑계는 아니지만 인스타그램을 많이 보고 있다'고 말이다. 그러니까 감각적인 것을 보기 위해 늘 열심히 노력하고 있다는 의미였다. 하긴, 굳이 가서 보지 않아도 모든 정보가 누구에게나 열린 세상이다. 그렇게 생각하는 것도 이상한 일은 아니었다. 하지만 내가 할 수 있는 말을 해야 했다. 인스타그램에서 얻는 것은 감각이 아니라 정보에 가깝다.

　'누가 더 감각적인가'라는 문제가 '누가 먼저 정보를 아느냐'에 달려 있던 때가 있었다. 정보를 얻기 어려운 시절에 그랬다. 밀라노에서 잠시 공부하던 때였다. 밀라노 컬렉션이 끝나고 학교 가는 길, 컬렉션 사진이 큼지막하게 실린 신문들이 가판대에 진열되어 있었다. 이렇게나 빨리 컬렉션 리뷰 기사를 볼 수 있다는 사실에 흥분했던 게 아직도 기억난다. 당시 한국에서는 컬렉션이 끝나고 몇 달을 기다려야 패션잡지에서 볼 수 있는 정보였다. 그것보다 앞선, 가공되지 않은 생명력 있는 진짜 정보는 컬렉션을 직접 현장에서 볼 수 있는 패션 관계자나 에디터들만이 접할 수 있었다.

　편집숍 바이어로 일하던 시절, 패션MD였던 동료는 WGSN(트렌드 전망 및 소비자 인사이트를 제공하는 영국의 트렌드 전문회사)에 실린 컬렉션 평을 달달 외우다시피 읽고 그것 그대로 회의시간에 말했다. 패션 트렌드에 밝아야 한다는 마음에 모든 컬렉션 기사를 공부하듯 밑줄 치며 외우는 마음은 이해할 수 있었으나 그것을 그의 감각이라 할 수 없었다. 얼마 가지 않아 그는 그 장점을 잘 활용할 수 있는 전략 업무로 전환했다.

정보가 누구에게나 같은 속도로 오픈되지 않던 때에는 감각이 부족한 사람도 정보를 빠르게 얻는 위치에 있다면 감각적인 것처럼 보일 수 있었다. 지금은 어떤가. 뉴욕 밀라노 파리 컬렉션이 시작함과 동시에 실시간으로 전 세계에 중계된다. 루이비통은 '23년 프리폴 여성 컬렉션' 패션쇼를 그해 4월 한강 잠수교에서 열기도 했다. 정보는 모두에게 공평하고 유통기한이 지나기 전에 빠르게 먹어야 하는 음식과도 같다. 유통기한이 지나면 폐기하고 다른 것으로 대체할 수 있는 음식처럼.

감각을 공부하는 대상으로 정의한 순간 감각을 익힐 수 없다. 감각은 자연스러움이 생명이기 때문이다. 일상에서 자연스럽게 체득되고 습관화된 감각을 외부로 표현할 수 있을 때 비로소 감각을 이해하는 사람이 된다. 그래서 이제는 정보를 어떻게 받아들이고 해석하느냐가 더 중요하다. 유행하는 아이템도 자신만의 관점으로 해석하는 사람에게 좀 더 눈길이 가듯, 어떻게 조합하고 더 신선하게 보여주는지 여부가 '트렌드 정보를 알고 있다는 것'을 뛰어넘는다. 흔한 정보의 반복이 아닌 고유함, 아이덴티티, 특별함 등 '내 것'이 탄생하는 순간이기도 하다.

이런 이유에서 '많이 보고 다니라'는 말은 몸으로 익히라는 뜻이었다. '요즘 ○○가 핫하대' '어디 브랜드에서 팝업을 한대' '사람들이 이런 곳을 좋아한대' 등 인스타그램에 있는 정보를 보다 보면 자칫 많은 감각을 익히는 것 같지만 실상 그렇지 않다. 직접 경험하고 몸으로 체득하는 지식이 감각의 토대가 된다. 한 가지를 보더라도 입체적으로 뜯어보는 것이 중요하다.

이를테면 탬버린즈에서 진행한 향수 팝업 행사를 인스타그램으로만 본 사람은 '제니가 모델이라 예쁘다, 탬버린즈가 향수도 론칭했다더라' 정도의 정보를 얻을 수 있다. 직접 팝업 공간을 가본 사람은 방문 예약을 위한 사이트 경험부터 팝업 공간의 위치, 대기 줄 관리, 스태프의 응대 태도, 공간 설계, 향, 음악, 공간 구성 등 디테일을 느낄 수 있다. '이 부분은 왜 이렇게 했을까?'라는 의문을 갖고 생각하는 법을 키울 수 있다. 또

한 팝업에 방문한 고객들이 어느 지점에서 어떤 행동을 하는지 반응도 유심히 살펴볼 수 있다. 기획하는 사람과 기획을 소비하는 사람 사이에서 관찰자가 되는 경험. 이 과정에서 나름의 비평과 찬사를 거듭하면 자신만의 감각이 길러진다.

감각은 트렌디한 정보를 많이 아는 것이 아니다. 자기만의 관점을 갖는 일이다. 어려워 보이지만 해낼 수 있는 일이기도 하다. 일본의 유명 편집숍 유나이티드 애로우즈UNITED ARROWS 창립자이자 세계적인 크리에이티브 디렉터 구리노 히로후미의 책《트렌드 너머의 세계》를 보며 확신한다.

"나다움은 누구나 가지고 있습니다. 이를 자각하고 나에게 어울리는 것을 알아가는 여행에 끝이 없습니다. 유행에 휘둘리지 않고 나다운 옷차림을 하면 오히려 옷에 대해서는 별말을 듣지 않게 됩니다. '자연스럽게 나다운 옷을 입은 사람'이 됩니다.

동기가 순수한지 아닌지가 매우 중요합니다. 동기

가 순수한 것에 대해서는 사람들이 공감하고 이해해줍니다. 순수한 마음이 있다면 출발부터 결승점까지 설사 우여곡절이 있다고 해도 끝까지 나아갈 수 있습니다."

내 감각으로
쌓이는 것들

휴식은 일하고 남는 시간에 하는 수동적인 행위라기보다는 적극적으로 삶의 쉼표를 만드는 일이다. 그런 의미에서 내게 휴식은 '떠남'인데 여행만을 뜻하진 않는다. 집 앞 카페로, 혼자 훌쩍 전시나 공연을 보러, 먹고 싶은 것을 찾아, 주변을 맴돌면서 현실에서 잠시 떠나는 것으로 충분하다.

직장 생활에서도 마찬가지다. 유난히 지친 어느 날 퇴근길에 한 정거장 먼저 내려 벚꽃을 구경하면서 집으로 걸어왔다. 생각처럼 일이 잘 안 풀리던 한동안은 점심시간에 책을 읽기도 했다. 회사 동료들과 점심을 먹고 대화를 나누는 것이 더 이상 휴식이 아니라고 느껴질 때도 적극적으로 떠났다. 혼자 걷거나 따릉이를 타고 청계천을 뱅뱅 돌았다. 이때의 떠남은 불편함이기도 하다. 일상을 깨고 평소와 다른 행동을 해야 하니까. 하지만 그 균열이 숨쉴 틈을 만들어준다. 그렇게 숨을 쉬고 나야 다시 나로 돌아갈 수 있다.

휴식을 위한 여행을 할 때면 혼자 떠나는 것을 선호한다. 함께하는 여행은 추억을 쌓는 시간으로서 의미가 있지만 온전한 휴식의 감각은 없다. 전속력 달리기를 한 후에는 일정 기간 백지가 되는 시간이 절실하다. 상황과 기회가 맞아떨어질 때 혼자만의 시간과 공간을 찾아 떠난다. 텅 빈 진공 상태를 위해 책 몇 권, 노트북, 좋아하는 것들로 짐을 꾸린다. 적당히 한적하면서도 영감을 받을 수 있는 장소를 물색한다. 일상의 브레이크를 위해 여백을 만드는 여행이 다시 일상을, 지금을 사랑하게 해준다. 아이러니하게도 현실로 돌아오기 위해 현실을 떠나는 여행.

가장 기억에 남는 혼자만의 여행은 유럽 소도시

여행이다. 대도시를 좋아했다가 점점 취향이 변했다. 또 언제 어떻게 변할지 몰라서, 도시와 소도시를 적절히 섞어 일정을 짠다. 파리에서는 기차를 타고 오베르쉬르우아즈에 갔다. 그곳에서 고흐의 마지막 모습을 보고, 토스카나의 한적한 시골에 있는 아그리투리스모(농가민박)에서 아무것도 하지 않고 며칠을 평화롭게 보냈다. 아를, 생폴드방스 등 남프랑스에서 만난 풍경에는 도시의 감각이 조용히 놓여 있었다. 국내로 치면 거제도와 양양의 정갈한 스테이에서 멍하니 보낸 시간들과 닮았다.

모든 곳을 다 가봐야 한다는 압박감을 좋아하지 않는다. 유명하다는 곳만 가다 보면 정작 '느낄' 틈이 없다. 휴식하는 동안 사유가 깃들지 않는다. 다 가봤지만 남는 게 없는 여행이 된다. 그 장소에 온전히 머무는 방법은 간단하다. 느슨하게 큰 틀을 기획하고 현장에서 기분에 따라 움직이면 된다. 마음의 흐름에 그날 발걸음을 맡긴다. 늦여름 어느 작은 레스토랑에서 본 노부부의 모습, 파리의 독립서점에서 디렉터와 나눈 대화 등 시간의 흐름 속에서 우연이 만들어낸 장면과 대화는 지금 일상 속에서도 문득 곱씹는 사유가 되었다.

여행을 통한 떠남은 무언가를 많이 보는 것이 아니라 경험하고 싶은 것들만 체에 걸러서 그걸 온전히 만끽하는 것에 가깝다. 떠남을 통해 현실에서 타인과 세상의 리듬에 발맞추느라 힘들었던 마음을 내려놓을 수 있다. 주파수를 나 자신에게 고정하는 연습을 한다. 삶의 기준을 타인이 아닌 '나'로 돌려놓고 그 자유로움이 주는 내면의 공간을 들여다본다. 현실에서의 찌꺼기를 버리고 나의 욕구를, 꿈을, 소망을 알아채는 연습이다. '무얼 해봤느냐'가 중요한 것이 아니라 '무엇을 느끼고 간직하고 살아가는가'가 중요하다는 감각을 몸에 쌓는다. '아, 이대로 나는 충분하다'는 감각을 익히는 일이기도 하다.

이 감각을 잊지 않도록 노력하지만 잊어도 괜찮다. 자주 잊기 때문에 다시 떠날 수 있으니까. 제자리로 돌아오기 위해서, 제자리를 찾아가기 위해서 앞으로도 자주 떠나고 열심히 머무를 것이다.

'무얼 해봤느냐'가 중요한 것이 아니라
'무엇을 느끼고 간직하고 살아가는가'가
중요하다는 감각을 몸에 쌓는다.

'아, 이대로 나는 충분하다'는
감각을 익히는 일이기도 하다.

속도는 다르지만
같은 결론을 향해

애덤 그랜트는 저서 《오리지널스》에서 노벨상을 수상한 과학자들과 그렇지 않은 과학자들 모두 자신의 분야에서 깊은 전문성을 갖고 있다고 말했다. 수상 여부를 가른 것은 전문성보다는 예술적인 취미 활동 유무였다고. "예술 활동은 단순히 독창적인 사고를 하는 사람들의 호기심을 충족시키는 데 그치지 않고 자신의 전문 영역에서 창의력을 발휘하는 강력한 원동력이 되어준다"고 덧붙였다. 스페셜리스트가 제너럴리스트가 되는, 반대로 제너럴리스트가 스페셜리스트가 되는 균형점이 이 이야기에 있다고 생각했다.

지난겨울, 이와 비슷한 이야기를 나눌 기회가 몇 번 있었다. 강의를 들었던 학생들 덕분이었다. 삼삼오오 모여 오거나 혼자 조용히 연락해온 학생도 있었다. 대학생 때 교수님을 찾아가본 적 없던 나로서는 무척 신기했다. 그 적극성도 신선했지만 더 놀라운 건 '하고 싶은 일'에 대한 깊은 고민이었다. 불과 몇 년 전만 해도 일에 관한 고민 중 상당수는 "무엇을 좋아하는지 모르겠어요. 하고 싶은 일이 없어요"였다. 반면 요즘 고민의 결은 어쩐지 조금 달라진 느낌이다.

우선, 하고 싶은 일이 많다. 보통 두세 가지로 그 종류도 다양하다. 패션을 전공하면서 그래픽 디자인이나 영상을 만들고 싶은 사람, 크리에이티브 디렉터와 마케터를 꿈꾸는 사람, 아예 다른 분야 전문직 시험을 생각하는 이도 있었다. 한 가지 직업을 정하기보다는 다른 성질의 일이나 공부를 동시에 하는 것에 가깝다. 정형화된 틀을 넘어 경계를 드나들고 싶어 하는 자유로운 움직임이다.

그렇다고 이것저것 모두 갖고 싶은 아이처럼 좋아하는 일을 나열하는 건 아니다. 해낼 방법을 찾으려 한

지금의 균형

다. 이 지점에서 그들에게 반짝 빛이 난다. 긍정적인 욕심이 있는 사람 특유의 눈빛이 있다. 불안한 미래지만 어디까지나 희망을 놓지 않고 잘 될 거라는 자신에 대한 믿음을 담은 눈빛. 그런 사람들은 '일'을 막연하게 바라보지 않는다. 때로는 삶의 수단으로, 자아실현을 생각하면서도 지금 해야 하는 공부를 해낸다. 동시에 한 발짝 앞을 바라보면서, 꿈을 놓치지 않으려 애쓰면서, 도움될 만한 것을 찾아내 삶에 적극 반영하고자 한다.

단순한 취업 고민이 아니다. 어떻게 살아야 할까 하는 삶의 철학으로 자연스럽게 이어진다.

얼마 전 한 신문에 '성공의 잣대, 명문대 입학, 대기업 취업보다 좋아하는 일이 우선'이라는 제목으로 기사가 실렸다. (한국교육개발원에서 교육정책수립을 위해 국민여론 참고 조사로, 2022년 전국의 19~74세 성인 4천 명을 대상으로 진행됐다.) '우리 사회에서 자녀 교육에 성공했다는 것이 무엇을 의미하느냐'고 물었더니 '자녀가 하고 싶은 일이나 좋아하는 일을 하게 됐다'는 응답이 가장 많았다. '좋은 직장에 취직했다'는 대답은 세 번

째로 많았는데 2015년 조사에서 1위를 차지했던 것과는 차이가 있다. 연구를 진행한 연구위원은 "산업화와 경제 성장기에는 공부를 열심히 해서 명문대를 가거나 대기업에 취업하는 게 성공이라고 생각했지만, 이제는 올바른 인격을 갖추고 적성에 맞는 직업을 선택해 일하고 삶의 행복을 느끼는 것이 중요하다는 인식이 늘어나고 있는 것"이라고 분석했다. (조선일보 2023.1.17)

속도는 다르더라도 모두 같은 결론에 도달하는 느낌이다. 하고 싶은 일을 해야 한다는 것, 직업에서뿐 아니라 삶에서도 말이다. 틀에 얽매이지 않기 위해 용기 낸 사람을 응원하는 건 앞으로 더 많은 사람들이 경계를 깨고 자유로워지기를 바라는 마음에서다.

지금의 균형

감각에도 필요한
TPO

    옷에 대한 관심, 파티와 초대 문화가 늘면서 패션계뿐 아니라 일상에서도 TPO_{Time, Place, Occasion}의 중요성을 자주 듣는다. 시간, 장소, 상황에 맞게 옷을 입어야 한다는 이 말은 적절하게 필요한 만큼만을 행하는 감각을 뜻하기도 한다.

    자기만의 시각이 아무리 감각적이라고 해도, 주어진 상황과 상관없이 혼자서만 앞으로 달려가면 안 된다. 현재를 아우르고 미래를 향하면서도 이해 가능한 패션이 환영받는 것처럼, 감각에도 TPO가 있어야 한다. 상황에 대한 판단력이다. 지금 상황에서 무엇을 더

하고 뺄지 알아야 한다.

자신만의 감각을 키운다는 것은 '나 혼자 멋있으면 되는 것'이 아니라는 점에서 어렵다. 평면이 아닌 입체적으로, 그러면서도 자연스럽게 우러나오는 아우라가 자신만의 감각이어야 한다.

아이와 같은 호기심으로, 편견 없이 직접 경험하면서 세상의 감각들을 흡수해보자. 꾸준히 쌓아가고 수정하고 또 쌓아올리다 보면 많은 사람들이 공감하는 나만의 위대한 감각을 만날지 모른다.

TPO의 핵심
프로 정신

코로나가 잠잠해질 즈음 도쿄 여행을 다녀왔다. 그사이에 도쿄의 인상이 어딘지 모르게 변했다. 구글 지도에 표시해놓았던 몇 곳은 폐업했고 높은 건물이 들어서느라 한창 공사 중인 곳도 눈에 띄었다. 견고하게 자리를 지키며 여전한 것도 있었다. 작은 공간에 엄선된 큐레이션, 이야기가 담긴 물건들, 질서정연한 사람들의 움직임, 유난히 맑게 느껴지는 하늘, 적당히 달콤한 케이크, 가게에서 일하는 사람들의 태도 같은 것들이 그랬다.

그중에서도 일본 특유의 '접객 태도'는 깊은 인상

을 준다. 카페나 백화점에서 쿠키를 살 때도, 안내해주던 역무원 아저씨도, 편의점, 라멘집의 할아버지, 료칸, 호텔, 곳곳의 편집숍에서도, 그들의 태도에는 진심이 담겨 있달까. 친절과는 조금 다르다. 누군가 말을 걸었을 때 친절하게 답하는 것이 아니라 누가 보든 보지 않든 자신의 이야기를 품고 있는 것에 가깝다. 우리 가게를, 우리 브랜드를 찾아온 손님에게 이야기를 전하겠다는 사명감과 프로 정신이다.

어떤 장소에서든 사소한 관찰과 나름의 상상의 나래를 펼치는 건 흥미롭다. 공간의 배치, 조화로움, 눈에 걸리는 것들, 그 장소에서의 감정들을 따라가보면 일하는 사람들의 움직임도 큰 부분을 차지한다. 가까이 오기만 해도 부담스러운 판매 사원이 아니라 '아, 나를 도와주려고 하는구나, 신경 써주는구나'라는 느낌을 주는 태도는 한 번 교육받는다고 될 일은 아니라고 생각한다. 과하지도 덜하지도 않도록 고객이 문밖을 나갈 때까지 신경 쓰는 모습은 꼭 무대 위 배우 같다. 하나의 공연처럼 자신의 역할을 하는 것이다.

최근 빠르게 변하는 트렌드, 브랜드들은 화려하

다. 크고 작은 팝업 공간과 새롭게 오픈한 브랜드를 다니다 보면 동네 전체가 마치 어른들의 놀이동산 같다. 아쉬운 건 화려한 공간에서 정성껏 일하는 브랜드 담당자를 만나는 일은 적다는 사실이다. 친절과 다른, 강약을 조절하면서도 한결같음을 유지하는 자세, 상대 움직임에 기민하게 반응하는 감각, 일의 퀄리티에 만전을 기하는 치밀함 같은 프로 정신을 느낄 수 있었으면 하고 바랄 때가 많았다.

프로와 아마추어의 차이는 '전하고 싶은 이야기'에 있다. 일하는 사람이 상대에게 무엇을 전달할지 정확하게 알고 있다면 프로 정신은 자연스럽게 우러난다. 오랜만의 해외여행, 도쿄와 근교 소도시들을 여행하고 돌아오면서 마음에 남은 건 트렌디한 장소도, 오래된 맛집도, 고민하다 내려놓은 네이비 트렌치 코트도 아니었다. 자신의 자리에서 해야 할 일을 제대로 해내는 태도, 오로지 그 하나였다.

제너럴리스트 vs.
스페셜리스트

제너럴리스트와 스페셜리스트, 이 사이에서 일하는 사람으로서의 정체성을 고민한 적이 있다. 누가 재촉하거나 강요하지도 않았는데 그랬다. 스페셜리스트가 돼야 하나 싶었지만 자꾸만 제너럴리스트에 마음이 갔다. 어떤 때는 스페셜리스트였다가 대체로 제너럴리스트를 추구하면서 다른 지점에서는 스페셜리스트이기도 한, 이쪽도 저쪽도 아닌 느낌을 한 켠에 지닌 채로. 본래의 영역에 두 발을 딛고서 동시에 까치발로 경계를 두리번거렸다.

제품에는 라이프 사이클Product Life Cycle이 있다. 보통 도입기, 성장기, 성숙기를 거쳐 쇠퇴기로 이어진다. 이와 마찬가지로 한 사람에게도 '전문성 사이클'이 있는 건 아닐까. 언제는 제너럴리스트였다가 어느 면에서는 스페셜리스트가 되고 또 어떤 순간에는 두 가지가 섞이기도 하는. 제품 라이프 사이클과 달리 전문성 사이클은 사람마다 다르다. 저마다 고유한 곡선 형태를 갖는다. 중심부와 주변부를 오가며 곡선 가장자리에서도 나름의 의미를 발견할 수 있다.

기획MD로 직장 생활을 시작할 때 팀 이름은 '상품기획팀'이었다. (그 이후에는 해외상품사업부, Experience-Planning팀 등 여러 이름을 달았다.) 상품을 기획하는 일은 업무 범위가 확실했던 만큼 스페셜리스트의 일이라고 생각했다. 실제로 브랜드 상품 기획을 위해서는 소재부터 디자인 등 전문적인 지식이 필요했다. 그러다 그 일을 잘하기 위해 알아야 하는 일의 범위가 점점 넓어졌다. 상품만 기획한다고 될 일이 아니었다. 잘 팔려면 잘 알려야 했으니 자연스럽게 광고와 마케팅에 관심을 가졌다. 잡지사에서 일하면서 매체나 홍보에 관심을 기울였던 대학생 시절을 떠올렸다. 내친 김에 마케팅팀으로 이동해서 광고와 비주얼을 담당하기도 했다. 광고 촬영 미팅에서 가만 보니, 상품이 잘 팔리기 위해서는 광고를 잘해야 하지만 결국 브랜드 전체가 잘돼야 했다. '아, 그럼 브랜딩을 알아야겠네.' 그렇게 브랜드 매니지먼트 공부를 시작했다.

브랜드에 대한 호기심은 여기저기로 뻗어나갔다. 럭셔리, 글로벌, 매스mass 브랜드 등 형태마다 실제 비즈니스 세계를 경험하고 싶었다. 호기심을 따라 '일'을 업데이트하면서 공부를 병행했고 적극적으로 기존과는 다른 세계로 이직했다. 주로 신규 브랜드 론칭 프로젝트였다.

처음부터 의도한 건 아니었으나 브랜드를 기획하고 운영까지 하려면 스페셜리스트였다가도 대체로 제너럴리스트가 돼야 했다. 주어진 역할을 잘해내기 위해서 뾰족한 것을 모아 뭉뚱그리고, 뭉뚱그린 것을 다시 날카롭게 다듬으며 자연스레 제너럴리스트의 면모를 갖추고 그러면서 스페셜리스트도 되었다. 여러 정보들을 엮고 A부터 Z까지의 일을 넓게 통찰하고 이를 통해 주도적으로 문제를 해결하는 능력, 머릿속의 이미지를 구현해서 타깃 고객에게 전달하는 일. 기획의 본질이었다.

만약 제너럴리스트일까 봐 스트레스를 받고 있다면 제너럴리스트를 오해하고 있는 건 아닌지 생각해볼 일이다. 가령 대기업 부장의 명함에 영어로 적힌 제너럴 매니저General Manager라는 말 그대로 일반적인(제너럴) 관리(매니저)만 한다면 그건 오해가 아닐 것이다. 하지만 이를 제외하고 대부분의 경우 제너럴리스트의 제너럴은 평범이 아닌 광범위한 능력이다. 여러 가지를 다한다는 게 모든 면에서 평범하다는 의미가 아니다. 특정 분야에서 1부터 10까지의 레벨을 달성할 수 없을지는 몰라도 몇 개의 분야에서 일정 수준의 지식과 경험을 엮어서 자신만의 스페셜리티를 가질 수 있기 때문이다. 세상에 미처 규정되지 않은 일이 될 수도, 이미 있는 일의 형태를 변형할 수도 있다. 직무가 일반적인 건 상관없다. 일하면서 해낸 경험들 안에서 뾰족해지는 모서리를 찾아내어 '나만의 스페셜리티'를 만들어 나가는 것, 이것이 제너럴리스트다.

저마다의 스페셜리티는 다르다. 회사에서 신규 론칭 일을 했을 때를 돌아보면 누구는 새로운 아이템을 기가 막히게 찾아냈다. 수많은 정보에서 보석을 골라 내 브랜드 방향을 선명하게 했다. 누군가는 한정된 재료와 정보로 탁월한 스토리 라인을 만들었다. 논리와 구조로 비즈니스 모델을 구성해 상대방을 설득했다. 또 다른 누군가는 문제를 발견하고 해결에 필요한 요소를 모으는 데 탁월했다.

그러고 보니 저마다 스페셜리티가 빛나는 순간은 일반적인 일들을 기본으로, 제너럴리스트의 면모가 충분히 발휘되고 난 후였다.

뉴 제너럴리스트

챗Chat GPT가 화제다. 질문을 입력하면 인공지능
이 인간에 버금가는, 인간보다 더 체계적으로 지식을
정리해서 답한다. 조금은 긴장되고 설레는 마음으로
'패션 브랜드 오프라인 공간의 미래'를 질문해봤다. 챗
GPT는 1분이 채 지나기도 전에 A4 한 장 분량으로 답
과 근거를 제시했다. 충분히 참고할 만한 답변이었다.
대기업에서 전략기획 업무를 담당하는 지인은 기획안
을 작성할 때 챗GPT로 1차 정보를 찾아 시간을 절약한
단다. 지금의 챗GPT는 필요한 지식과 정보를 잘 찾아
오는 어시스턴트 역할을 하지만, 제너럴리스트의 지식

을 스페셜리스트 수준으로 혹은 여러 분야 지식을 제공함으로써 스페셜리스트가 제너럴리스트로 거듭나도록 도울 수 있기를 기대한다고 했다.

'답은 인공지능이 내려줄 수 있는 시대, 이제 중요한 건 질문이다.' 많은 이들이 이렇게 간단히 정리하곤 하지만 일하는 사람으로서 궁금하다. 챗GPT는 제너럴리스트일까 스페셜리스트일까. 챗GPT를 잘 활용하는, 그러니까 질문을 잘한다는 사람은 과연 제너럴리스트일까 스페셜리스트일까. 챗GPT가 진화하는 만큼 스페셜리스트와 제너럴리스트의 정의도 바뀌어야 하지 않을까. 스페셜리스트를 한 분야의 전문 지식을 갖고 일하는 전문가로, 제너럴리스트를 각 분야의 지식을 두루두루 넓게 아는 사람이라고 한다면 앞으로는 지식의 깊이나 전문성보다는 어떻게 엮고 활용할 것인가에 더 초점을 맞춰야 한다.

예전엔 패션업계의 CD_{Creative Director}가 되기 위해선 디자인 능력만 뛰어나면 됐다. 스페셜리스트가 되기 위해 많은 경험과 시간이 필요했고, 후발 주자들은 앞선 스페셜리스트가 보낸 시간의 양은 물론이고 현 시대에 어울리는 감각도 필요하다. 디자인뿐 아니라 기획, 브랜드 전략, 마케팅, 이커머스 운영 등 다양한 능력도 요구된다. 다행이라면 이러한 방대한 지식 격차는 챗GPT가 빠르게 좁혀줄 수 있다. 그러니 관점과 해석, 기존 정보들을 엮은 문제 해결 능력이 더 중요해질 것이다.

이를 실감한 건 글로벌 SPA브랜드에서 HR_{Human Resource}을 할 때였다. 채용 진행 중에 국내 기업과는 다른 점을 발견했다. 당시 국내 기업에서 패션 스토어 매니저 경력직을 뽑을 때는 동종업계 근무자를 채용했다. 반면 글로벌 회사는 커피 전문점 브랜드, 특급 호텔, 여행사 등 패션과 무관한 분야의 경력자를 채용했다. 기술에 대한 숙련도보다 태도와 사고방식, 지원자가 어떤 삶을 살아왔는지에 집중한 것이다. 패션 스토어 매니저라는 스페셜리스트를 찾지 않고 어떻게 상황을 이해하고 문제를 해결하는지, 뉴 제너럴리스트를 발견하려 했다. 일의 기본 알고리즘을 체득하면 제너럴리스트와 스페셜리스트라는 구분선, 업계 장벽이 실제론 얼마나 무른지 알 수 있다. 그 앞에서 선을 지키려는 단단함은 쓸데없는 고집일 뿐이다.

　지휘자가 악기를 일일히 연주할 줄 모른다고 스페셜리스트가 아닌 것은 아니다. 오케스트라 지휘자는 모든 악기를 이해함으로써 조화로운 연주를 만들어낸다. 지휘자에 따라 오케스트라 음색이 다르듯 뉴 제너럴리스트는 자신만의 개성, 차별화, 일하는 방식으로 스페셜리스트가 된다. 자신만의 스페셜리티를 위한 제너럴리스트인 것이다. 스페셜리스트와 제너럴리스트를 직업적인 의미를 넘어 일 전체는 물론 삶으로 데려가보자. 둘 중에 무엇이 좋냐는 질문 대신 무엇을 하며 살고 싶냐는 질문이 자신을 향할지도 모른다.

오케스트라 지휘자의
마음으로

　　세계적인 바이올리니스트 힐러리 한Hilary Hahn의 내한 공연에 다녀왔다. 강직하면서도 유연한 태도가 연주에서 그대로 묻어나는 듯해 유튜브에서 그의 모습을 찾아보기도 한다. 그중 브람스 바이올린 협주곡 77번, 파보 예르비Paavo Jarvi가 지휘하고 프랑크푸르트 라디오 심포니 오케스트라와 협연한 2014년 영상이 좋다. 1악장을 빠르게Allegro 시작해서, 2악장은 느리게Adagio, 3악장에서는 오케스트라의 웅장하고 고요한 리듬과 한 음도 허투루 연주하지 않는 바이올린 음색이 완벽하게 조화를 이룬다. 악장과 악장 사이의 여백, 바이올린을 연주하지 않을 때면 오케스트라의 다른 악기들을 둘러보는 힐러리 한의 우아한 태도도 음악의 일부분처럼 느껴진다. 3악장은 조용했던 2악장과 대비되는 활기찬 연주로 협주곡을 클라이맥스로 이끈다. 빠른 템포로 이어지는 익살스럽되 너무 지나치지 않은 연주에서 Allegro giocoso, ma non troppo vivace 마치 록rock 음악 같은 기개가 느껴진다.

유튜브 영상 댓글로 자신을 전직 록 기타리스트라고 소개하며 남긴 감상평이 인상적이다. "파티가 끝난 아침 여섯 시, 친구가 브람스 바이올린 협주곡을 들어보라고 권했습니다. 고전적인 것은 더 이상 지루해서 싫다고 했죠. 그러자 친구가 '네가 이 음악을 기타로 연주한다고 상상해봐'라고 하더군요. 저는 입을 벌린 채 그 자리에 앉았습니다. 그 이후로 나는 달라졌습니다. 새로운 세계를 열어줘서 고맙습니다, 브람스."

듣는 사람에 따라 감상이 다르듯 같은 음악도 누가 지휘하고 연주하느냐에 따라 달라진다. 작곡가의 의도―빠르게 Allegro와 느리게 Adagio―를 해석하는 정도,

지휘자와 연주자의 무대 위 호흡 등이 음악에 영향을 미친다. 만약 오케스트라가 전 악장을 시종일관 아주 빠르게molto presto 연주한다면 어떨까. 또는 바이올리니스트가 강약의 리듬감 없이 같은 세기로 연주한다면. 여백 없는 일정한 리듬은 소음과 다를 바 없다.

기획하는 사람은 오케스트라 지휘자 같은 마음이어야 한다. 여러 악기들로 조화로운 음률을 만들듯 기획의 핵심은 힘줄 곳과 뺄 곳을 정하고 적절한 결과를 만드는 것이다. 가령 편집숍을 꾸릴 물건을 구매할 때 이번 시즌은 어떤 브랜드로 리듬을 만들지 기획한다. 기본 매출을 담당하는 브랜드, 대중이 두루 좋아할 만한 브랜드, 트렌드에 민감한 타깃을 대상으로 한 브랜드로 나누어 구성한다. 라이프스타일 편집숍뿐 아니라 패션, 온라인 브랜드도 기획의 출발은 비슷하다. 대상을 상정하고 기본과 중간, 꾸미는 역할을 구분하는 것. 그 후에는 어떻게 변주하느냐에 따라 각기 독특한 색채를 갖게 된다.

인생도 마찬가지다. 삶의 악보를 펼쳐놓고 힘줄

곳과 뺄 곳을 정한다. 하루의 일상에서도 강, 약, 중간, 약의 리듬으로, 약간 힘을 빼고 부족한 듯해도 충분히 즐거우면 된다. 상황에 따라 적절히 소통하면서 자신의 삶을 성실하게 관찰하고 책임감을 갖고 사물과 대상을 대할 것. 일부러 애쓰지 않아도 리듬에 몸을 맡기는 시간이 분명 찾아올 것이다.

3

조율하다

센스의 기본

'그 사람 센스 있네'라고 느꼈던 적은 과하지도 덜하지도 않은 적절한 시점에 필요한 곳을 건드려줄 때였다. 생각해보면 대부분 별것 아니었는데 감동받았다. 사소하지만 내가 원하던 것을 툭 건네주는 사람에게 느끼는 감정과 비슷하다.

센스 있는 선물을 주는 사람은 상대방에게 공을 들인다. 무엇을 좋아할지 고민하고 혹시 비슷한 물건을 갖고 있지 않을지 걱정했다가, 포장 상태는 선물에 걸맞은지, 다른 사람들은 무얼 선물하는지도 살핀다. 세심한 생각들이 사소한 지점으로 전달될 때 마음에

은근하게 남는다.

　　감각과 센스를 일상에서 일로 확장할 때도 상대방은 매우 중요하다. 내 일을 전달받는 대상을 실감하고 일하는 사람과 그렇지 않은 사람 사이에는 큰 차이가 있다. 일에서 상대방이란 일이 최종 전달되는 소비자만 뜻하는 것은 아니다. 일하는 과정을 함께하는 모든 대상을 포함한다. 회사에서 일한다면 내게 일을 요청한 사수, 팀장, 소통해야 하는 다른 팀 담당자부터 넓게는 외부 협력 회사 사람들까지다.

　　가령 팀장이 필요로 하는 타이밍에 맞게 일을 곧잘 해내는 팀원이 될 수 있다. 본인 업무에 필요한 실력은 기본이고 팀이 하는 일에 대해 잘 이해하는 사람이다. 외부 사람들과 협업할 때는 마감 기한을 넘기지 않는 것, 더 필요한 일은 없는지 미리 살피는 것도 상대방을 생각하면서 일하는 센스라고 할 수 있다. 여기에 소비자가 원하는 것을 챙기는 센스까지 갖춘다면 더할 나위 없이 '일 잘하는 사람'이 된다. 사소하지만 상대방이 원하고 있던 것을 툭 건네주는 것, 일하는 센스이자 잘 살아가기 위한 기본 태도다.

　특정한 형태를 갖춘 조직에서 직장인으로 일한다는 건 사람들과 '함께' 일하는 감각이 필요하다는 의미다. 발을 맞춘다는 것, 누구와 어떤 리듬으로 발을 맞춰야 하는지에 따라 그 강도도 다양하다. 누구와 일할지를 스스로 정할 수 없다는 점에서 어렵지만, 상대방을 생각하면서 일한다면 답을 찾을 수 있다.

상대방 입장에서
생각하기

　일하는 개인에게도, 브랜드에도 중요한 건 상대방 입장에서 생각하기다. 상대의 마음을 헤아리고 상대가 원하는 가치를 만드는 것은 눈치를 보며 예민하게 반응하는 것과는 다르다. 시선을 상대방에 두고 우리 브랜드의 이미지를 가늠하며 방향과 속도를 조절하고 일의 중심을 잡는 마음의 자세다. 음식에서 소금이나 후추와 같은 역할이랄까. 부족하지도 과하지도 않아야 하며 어떤 음식에서도 빠질 수 없는, 맛의 기본과도 같다. 맛의 균형을 위해 적절한 때와 양의 소금과 후추가 필요하듯 일에서는 '디테일'을 중요하게 다룰 때 최상의 맛을 느낄 수 있다.

글로벌 패션 브랜드에서 세일즈 매니저로 일할 때였다. 플래그십 스토어였던 오프라인 매장에는 주말이면 하루 몇 천 명의 고객이 방문했다. 그날 주말 오후도 사람들로 북적였는데, 갑자기 벽면에 걸려 있던 20센티미터의 액세서리걸이 막대가 바닥으로 떨어졌다. 그 근처에는 아이와 여성 고객이 있었고 막대가 고객의 코를 스치면서 상처를 냈다. 하마터면 아이가 크게 다칠 뻔한 아찔한 순간이었다.

다른 고객들 사이를 지나 다급히 고객에게 뛰어갔다. "고객님, 죄송합니다" 하곤 살펴보니 0.5센티미터 정도의 상처에서 피가 났다. "다른 곳은 괜찮으신가요? 새살 돋는 반창고 먼저 갖다 드리겠습니다. 정말 죄송합니다." 진심을 다해 그 상황에서 할 수 있는 모든 사과를 했다. 고객은 소리를 질렀다. "아니! 반창고 정도로 이 사고를 무마하려는 거예요, 지금? 제 남편이 변호사예요." 고소할 수도 있다는 말이었다.

반창고로 대강 상황을 마무리하려는 의도는 없었

다. 고객 입장을 더 세심하게 생각하지 못하고 대응한 내 잘못이었다. 사고가 발생했을 경우 100퍼센트 보험 처리 등 보상은 당연한 일이었기에 우선 눈에 보이는 상처를 수습하는 게 상대방을 위하는 일이라고 생각했다. 그러나 회사 입장이자 책임자로서의 생각일 뿐이었다. 주말, 가족들과 즐거운 시간을 보내기 위해 쇼핑을 하다가 변을 당한 고객 입장에서는 보상 없이 반창고로 해결하려는 건가 하는 의심과 불쾌한 마음이 먼저 들 수 있었다. 고객에게 자세히 설명하고 사고를 완전히 해결하기까지 가장 중요했던 건 상대방의 입장에서 필요한 대응이었다.

반대 경우도 있다. 몇 년 전 가족들과 SNS에서 유명한 한옥 고택으로 여행을 갔다. 넓은 거실과 별도의 작은 방으로 구성된 한옥에서 큰 창 너머로 멋있는 산세를 볼 수 있었다. 사진에서처럼 어디를 보나 경치가 좋았다. 일반 관람객에게 만 원의 입장료를 받고 체크인 시간 전까지 고택을 개방하고 있어 사진을 찍는 사람들로 어수선한 느낌이었지만 한껏 기대를 안고 독채로 안내를 받았다. 독채 이곳저곳을 둘러보다가 방 한 편에 놓인 안내문에서 이상한 점을 발견했다. 안내문에 표기된 숙박비와 이미 지불한 가격에 차이가 있었다. 혹시 몰라 홈페이지를 확인해보니 안내문의 가격과 같은 가격이었고 SNS로 예약하고 지불하는 금액만 달랐다.

프론트 데스크로 문의했다. 아르바이트생으로 추정되는 직원이 확인하고 연락을 주겠다고 하고는 두 시간이 흘렀다. 혹시 몰라 홈페이지를 캡처하고 실망감을 애써 누르고 있는데 직원이 문자로 답변을 보내왔다. 홈페이지 가격은 손님이 지불한 가격과 같고, 한옥 안에 있는 안내문은 미처 업데이트가 안 된 것이니 양해 부탁드린다고. 연락이 없던 두 시간 동안 홈페이지를 수정하고 보낸 문자였다. 매니저와도 연결이 되었으나 그는 핑계에 가까운 긴 설명을 늘어놓았다. "매니저님, 홈페이지 업데이트가 늦을 수도 있고 안내문의 가격도 그럴 수 있습니다. 고객 입장에서 지불한 금액과 달라서 문의한 것뿐인데, 사실대로 설명해주면 되는 것 아닌가요?"

'이쯤은 괜찮겠지. 상대방은 모르겠지. 아닌 척하면 되겠지. 이번만 잘 넘어가보자' 같은 태도는 그간 SNS에서 봐왔던 한옥 고택의 좋은 인상마저 무너뜨렸다. 그 한옥 고택은 여전히 SNS에서 멋진 풍광을 뽐내고 있다. 상대방을 아랑곳하지 않고 내면 없는 외향은 상관없다는 듯이.

《일을 잘한다는 것》에서 야마구치 슈는 격변하는 시대를 대하는 사람들의 사고와 행동 양식을 올드타입과 뉴타입으로 나누고 그 특징들을 구분했다. 올드타입은 시스템에 따라 정답을 찾아서 일하는 반면, 뉴타입의 사람들은 목표에 따른 행동을 추구하고, 일의 전체상을 그리며 자신의 감각을 따라서 일한다고 한다. 그가 말한 '일의 전체상'에서 중요한 개념이 '상대방 입장에서 생각하기'다. 선물할 때는 선물받는 사람에 대한 마음이, 음식점을 운영할 때는 방문한 고객의 기분과 만족이, 회사에서는 일을 맡긴 사람의 충족이, 소비자의 행복이 자리하는 것이다. 타인의 시선에서 생각하는 연습을 통해 일 잘하는 감각을 기를 수 있다. 기교보다 기본을 갖추고 상대방을 위해 자신의 역할을 하는 것. 마음을 다한다면 어느새 일을 즐기는 자신을 발견하게 될 것이다.

사람들과 '함께' 일하는 감각.
눈치를 보며 예민하게
반응하는 것과는 다르다.

시선을 상대방에 두고
방향과 속도를 조절하고
일의 중심을 잡는 마음을 자세다.
그 마음이 있을 때
상대의 마음을 헤아릴 수 있고
상대가 원하는 가치와
나의 성장이 만들어진다.

태도가
전부가 될 때

예전에 학원을 다닐 때 받은 창립 기념 수건에 'Attitude is Everything'이라는 말이 새겨져 있었다. '태도, 그럼 중요하고 말고!' 정도로 공감했을 뿐 당시 선생님의 절박한 마음을 알아채지 못했다. 너무 익숙해서 충분히 알고 있는 그 말을 '아, 그게 이 뜻이었네!' 하고 무릎을 친 순간은 그 후로 시간이 한참 지나서였다.

지인 J의 이야기 덕분이었다. J는 대학교에서 디자인을 공부하다가 군대를 다녀와서 모 패션 브랜드 매장에서 일했다. 그가 일했던 회사는 대학생을 특별 장학생으로 채용했다. 매장에서 시작해 관리직으로 성장시키는 걸 목표로 삼았다. 선발된 장학생들은 일정 기간 동안 상품 지식을 익히고 매장 진열과 VMD_{Visual Merchandiser}, 고객 응대 등 판매 업무를 해야 한다. J도 그에 따라 플래그십 스토어에서 바쁘게 일하던 어느 날, 한 고객이 피팅룸에서 코튼 팬츠를 입고 나왔다. J는 여느 때처럼 무릎을 굽혀 고객의 바지 기장을 접어주며, 상품의 장점을 친절하고 자세히 설명했다. 그러자 고객은 뒤로 고개를 돌려 "여보, 맞아요?"라고 물었다. 그는 J가 일하는 회사의 사장이었다.

며칠 후 J는 부점장으로 승진했다. 몇 달 후에는 본사 영업팀 팀장이 찾아와 두 군데의 점장직을 제안했다. 한 곳은 집과 가깝고 전국 매장 중 상위 매출을 기록하고 있었고, 또 한 곳은 출퇴근 세 시간이 걸리는 매출 중위권 매장이었다. J는 두 곳을 직접 가보고 후자로 결정했다. 의외의 선택이었지만 확실한 선택이기도 했다. 중위권이었던 매장은 그가 매장을 맡은 동안 전국에서 매출 1등 자리를 놓치지 않았다. 운이 좋았다고 J는 말했지만, 보통 유통업계의 매출 순위가 변하지 않는다는 점을 감안할 때 놀라운 결과였다. J는 본사 영업

팀으로 부서를 옮겨 근무하다 대학교에 복학했다. 이십여 년이 지난 지금은 이커머스 패션업계에서 멋지게 활약하고 있다.

피팅룸에서 바지를 입고 나온 고객을 응대하는 일에 대단한 스킬이 필요할까? 그때 사장님은 어떤 마음으로 사람을 판단하고 더 큰일을 맡겼을까. 밝고 활기찬 모습, 진심으로 일하는 마음, 태도 하나 때문이었을 것이다. 이는 예의와는 또 다르다. 예의가 예로써 나타내는 존경의 뜻이라면 태도는 정성을 다하고 진심을 다하는 마음이다. 상대방이 무엇을 원하는지 고심하고 행동하는 자세가 자연스럽게 배어 있는 마음가짐이다. 사전에서 '태도'를 검색하면 유의어로 '각오'라는 단어가 눈에 띈다. 각오란 앞으로 해야 할 일이나 겪을 일에 대한 마음의 준비를 말한다. 마음을 가리키는 뜻을 갖고 있는 만큼 예의가 겉으로 드러나는 몸가짐에 있다면 태도는 '마음의 모양'에 가깝다.

태도는 일에서뿐 아니라 인간관계나 인생의 크고 작은 문제들에서도 어김없이 그 모습을 드러낸다. 어

떻게든 고개를 쑥 내민달까. 재채기만큼이나 마음도
숨기기 어려우니까.

우리가 쉽게 잊는 재능 중 하나는
'진심을 전하는 재능'이다.

자연스러운
태도

"왜 다시 저와 일하고 싶다고 생각하셨어요?" 나의 첫 팀장님이자 당시에는 상무님이었던 분에게 회사를 떠난 지 한참 후에야 물었다. 그가 허허 웃으면서 대답했다. "아이 옷을 사러 명동의 모 브랜드에 갔는데 그곳에서 네 모습이 의외였지." 그때 나는 매장 테이블에 헝클어진 옷 더미를 정리하며 고객들에게 인사하고 스태프들과 분주하게 일하고 있었다고 한다. 럭셔리 업계에서 기획을 하던 사람이 뜻밖의 장소에서 열심히 일하는 모습에 '저 친구라면!'이라고 생각했다고. "제가 그랬어요?" 하고 멋쩍게 대답했다. 어렴풋이 어색하게

지금의 균형

인사했던 기억만 난다. 그랬던 만큼 그의 제안은 전혀 예상치 못한 기회였다.

아이러니하게도 그때 나는 고난기를 보내는 중이었다. 일도 재미없고, 과연 이 방향이 맞는지, 어디로 가는지 헤매고 헤매다가 자포자기할 수는 없다는 심정으로 하루하루 해야 할 일을 했을 뿐이었다. 그는 거기서 다른 모습을 봤다. 의도하지 않은 모습에서 무언가를 발견하는 관찰력, 사소함에서 의미를 찾는 평소 그의 남다른 태도 덕분에 그때의 기회를, 지금의 나를 만든 여러 기회를 얻을 수 있었을 테다.

언제 어디서나 꾸밈 없는 자연스러운 태도를 몸에 지닐 수 있도록 최선을 다해야겠다고 생각한다. 인생의 기회는 쉽사리 모습을 드러내지 않고, 불쑥 나타나기도 하니까.

사소한
태도

얼마 전 혼자 점심을 먹다가 우연히 옆 테이블의 대화를 들었다. 이십 대로 보이는 학생 둘이 요즘 읽은 책과 자기계발에 관해 즐겁게 대화하고 있었다. 그중 한 명이 최근 인턴을 하며 있었던 일을 이야기했다. 일하다가 모르는 부분을 사수에게 물었는데 대답해준 사수에게 감사함을 표시했다는 그런 이야기였다. 사수가 으레 할 일을 한 거라고 생각하며 듣고 있는데 그가 덧붙인 말이 인상적이었다.

"사수가 나를 위해서 소중한 시간을 내주었으니까 당연히 고마움을 표현해야 한다고 생각해. 보통은 그 사람이 나에게 가르쳐주는 것을 당연하다고 생각하잖아. 근데 그만큼 고마움을 표현하는 태도도 당연한 거 아닐까. 물론 너무 꾸미고 의식해서 좋은 사람으로 보이려는 건 별로지만. 그 태도가 진심이라면 전달된다고 믿어. 생각보다 많은 사람들이 사소한 태도를 갖고 있지 않으니까."

나도 모르게 고개를 끄덕이며 생각했다. 어쩌면 사소함이 전부다.

너무 당연해서 지나치던 말을 온전히 이해하는 방법은 두 가지다. 몸소 직접 깨닫거나 다른 사람의 이야기로 간접 경험하는 것. 일을 하거나 살아가면서 자주 묻고 누군가의 경험을 도움 삼아 가고 있기에 이 학생의 말을 마음속에 저장해두었다.

세상은 계획대로 착착 흘러가지 않는다.
때로는 우연한 타이밍으로 만난 '사람'과 '일'이
나를 좋은 곳으로 데려가기도 한다.

불확실성을 도전과 긍정으로 즐긴다면
인생이 더 재미있을지도 모를 일.
그러니 계획은 조금 느슨해도 괜찮다.

혼자였다면
얻지 못했을 것들

    일의 특성상 출장을 자주 갔다. 일을 위해 떠난다는 설렘, 혼자만의 여행과는 다른 주파수의 묘한 긴장감도 좋았다. 꿈꾸던 멋진 커리어 우먼(?)이 된 것 같은 느낌이랄까. 어깨가 저절로 펴지고, 기특하게도 스스로 동기부여도 했다. 그리고 혼자 생각하는 시간을 즐길 수 있는 여행과는 완전히 다른 출장에서의 기쁨을 좋아한다.

    첫 출장지는 홍콩이었다. 입사하고 얼마 지나지 않아 열 명 남짓한 바이어들이 다 함께 갔다. 부루마블도 챙겨야 할지 고민할 정도로 다들 신이 났었다. 팀장님이 버럭 화를 내는 바람에 부루마블은 내려놓아야 했지만.

출장 스케줄 대부분은 무거운 회의의 연속이었다. 각국에서 온 바이어들이 호텔 회의실에서 다음 해의 상품을 기획하고 매출 계획을 짰다. 샘플 옷이 잔뜩 걸린 옷걸이와 엑셀 파일의 숫자들과 씨름했다.

그럼에도 즐거웠다. 빡빡했던 업무가 끝나고 호텔 방에 여럿이 모였다. 한국에 두고 온 부루마블 타령을 하면서 컵라면을 먹고 별거 아닌 것에도 깔깔대며 즐거워했다. 모든 것이 신기했던 귀여운 출장이었다. 무엇이든 '처음'의 이름을 단 기억은 뽀얗고 선명하다. 그리고 아름답다.

일을 시작하고 처음 몇 년 동안은 중국 공장과 뉴욕을 오가면서 한 해에 서너 번씩 꼭 홍콩에 갔다. 그만큼 익숙한 곳이었지만 이직한 회사의 일로 삼 개월을 내리 지내야 할 때는 낯설게 느껴졌다. 홍콩 구석구석, 여섯 군데의 매장에서 트레이닝을 받았는데 임신과 오랜 호텔 생활에 지쳐서인지 홍콩은 처음과 달리 팍팍

한 도시로 각인되었다. 앞으로 살면서 다시 가지 않아도 될 곳이 되었지만, 그럼에도 여전히 기억해둔다. 같은 도시도 여행자의 상황과 함께하는 사람에 따라 다른 얼굴이 된다는 걸 알려주었다. 좋았던 장소도, 좋다고 느꼈던 나도, 모든 건 변할 수 있다.

　　그 이후 출장들은 조금의 귀여움도 없다. 순도 백퍼센트의 치열함만 있다. 시장 조사를 하러 떠난 도쿄와 뉴욕 출장에선 웬만한 백화점과 편집숍, 힙한 브랜드 스토어를 모두 방문해야 했다. 두 손에 더 이상 쇼핑백이 들리지 않을 정도로 샘플을 구매했다. 정해진 시간 안에 최대한 많은 곳을 보고 샘플을 구매하는 미션을 달성해야 하므로, 출장 멤버들은 마치 체력 대결을 하듯 하루 종일 걷고 또 걸었다. 절대적으로 체력이 좋은 편은 아니지만 일을 할 때만큼은 깡으로(?) 버티는 힘은 순전히 이때의 시장 조사 출장 덕이다.

　　밀라노와 뉴욕, 프랑크푸르트, 파리로의 출장에서도 체력은 필수였다. 하루에 많게는 일고여덟 개의 미팅을 소화해야 했다. 에디터들과 바이어 등 패션 관계자들이 북적이는 패션쇼가 끝나면 바로 택시를 타고 쇼룸으로 이동했다. 쇼룸 담당자와 인사를 나누고 행거에 걸린 수십 벌의 옷을 모델들이 입고 나오면 빠르게 스캔했다. 저 옷이 감각적인지, 판매가 될지, 우리 브랜드에 어울릴지, 트렌드를 선도할지, 유행에 뒤처질지 등 감각의 안테나를 최고치로 세우고 판단해야 했다. 모셔야(!) 하는 분들과 동행할 때면 온 신경의 예민함을 숨긴 채 유연하기도 해야 하는 '고난이도 하루'를 보냈다. 숙소로 돌아오면 정리해야 할 서류와 자료들에 치여서 아무것도 먹지 않고 잠만 자고 싶었다. 시차 적응도 안 된 상태로 하루 종일 일만 했으니 당연한 결과였다.

하지만 실제로 그러진 않았다. 업무가 끝남과 동시에 다시 발걸음을 옮겼다. 맛집을 가기 위해서다. 출장 중 미식 경험은 일만큼이나 중요하다. 고된 출장 스케줄을 지탱하는 힘이다. 하고 싶은 것을 하겠다는 의지가 주는 만족감은 녹초가 된 육체를 거뜬히 이겼다. 내일의 힘도 긍정도 다시 원상복귀될 거라 믿으면서.

지금의 균형

야경을 보며 마셨던 오렌지 빛깔 칵테일, 자주 가던 이탈리안 레스토랑에서 즐겨먹던 다채로운 현지 음식들. 그때는 몰랐지만 빈틈없는 일정에도 애써 찾아 넣은 그 모든 경험은 그 세계의 문화를 이해하는 감각의 밑거름이 되었다. 익숙했던 것을 낯설게 보는 연습을 하면서 그때는 왜 좋았는지, 지금은 왜 그렇지 않은지, 인생의 면면을 발견할 수 있었다. 출장의 묘미이자 '포기할 수 없는 재미'였다.

낯선 환경일수록 감각은 예민하게 살아나고 경험은 성실하게 쌓인다. 그때 어떻게 그걸 다 해냈지 싶다가도 제약된 상황에서 안간힘을 쓰며 보낸 시간들이, 기른 체력이 지금까지 남아 있다. 열심히 일하며 즐겁고 힘들게 함께했던 그 시간 덕에 고됨과 즐거움은 공존한다는 진리도 실감한다. 혼자였으면 얻지 못했을 것들이다.

관계 알고리즘
업데이트

　한 해 한 해 나이 먹으며 쉬워지는 일들이 있다. 서툴렀던 요리가, 도전하기 망설였던 일 대부분이 그렇다. 쉬워진다는 게 곧 실력이 좋아지는 것은 아니라는 게 슬프지만.

　나이가 들수록 어려워지는 일도 있다. 사람과 사람 사이 관계가 그렇다. 예고편도 없이 급작스레 어려워진다. 매우 가까운 사이에서도, 미적지근한 사이에서도, 어쩌다 알게 된 사이에서도 마냥 쉽지 않다. 시간이 지날수록 개개인이 갖고 있는 관대함과 예민함은 각기 다른 부분에서 튀어나온다. 한없이 마음이 넓어

졌다가 퍼뜩 뾰족해지는 부분은 늘 예상 밖이다. 상대
보다 더 당황하는 건 나 자신이다. 이제까지 알고 있던
방식이 무너지고 재정비해야 할 순간이 불쑥 찾아온
다. 관계에 대한 이성과 감정의 '알고리즘 버전 업데이
트'가 필요할 때다.

　이런저런 상황을 지나면서 깨닫는다. 누군가에게
좋은 사람인 동시에 다른 누군가에게는 다시는 만나고
싶지 않은 사람이 될 수도 있다는 것을. 상황이나 태도
에 따라 관계는 생물처럼 변한다.

　사람에 대한 예측이 보기 좋게 빗나간 다음부터는
기대를 조금씩 내려놓는다. 저녁 무렵 집에 돌아온 주
인을 반기는 강아지처럼 사람만 보면 즐거워하다가 낯
선 사람을 경계하는 고양이에게 더 마음이 가기 시작
한다.

　말이 통하는 누군가를 만나는 건 의외로 드문 일
이라고, 언젠가 가까운 지인과 산책하다가 나도 모르
게 툭 말한 적이 있다. 몇 년이 지나 우리는 같은 주제로
대화를 나눴다. 그때의 말을 떠올리면서 이번에는 지

인이 말했다. "정말 누군가와 대화를 나눈다는 건 특별한 일이야."

일상에서 많은 사람과 숱한 말을 하며 살아가지만 적절한 대화는 '별것'이다. 상대를 이해하려고 마음을 내고, 설령 애쓰지 않는 동안에도 대화가 지속되는 관계. 마치 나만 알고 싶은 숨겨진 맛집 같달까. 언뜻 별 특징 없는 듯 보여도 정성스레 차린 정갈한 음식처럼, 여운 남는 대화를 나눈 날은 모처럼 좋다. 귀한 음식을 한 입 베어 물었을 때의 잔잔한 감동이 있다. 이런 감정을 누군가에게 건넬 수 있다면, 그날이 바로 '인생 성공' 아닐는지.

오늘 나는 무슨 대화를 나누고 어떤 관계를 남겼을까.

무목적과
목적 사이

관계에서 적절한 거리는 중요하다. 그 간격이 매우 주관적이라는 게 문제지만. 1미터를 생각했는데 상대방은 10미터가 적절하다고 생각할 수도 있다. 특히 가까운 사이일수록 그 간극은 크다.

얼마 전 오랜만에 부모님과 아이와 여행을 갔을 때였다. 이런저런 할 일을 제치고 들뜬 마음으로 떠났지만 일주일을 함께하고 돌아오는 길에 어쩐지 지친 마음이 들었다. 무엇 때문인지 생각해보니 아이러니하게도 팬데믹 동안 불편을 호소했던 거리두기에 익숙해진 탓이었다. 거리를 좁힌 일주일 동안 뜻하지 않게 서로의 간극을 확인한 것이다. 부모님을 사랑하는 마음은 변함없었지만 거리의 적절함은 어쩐지 달라진 것 같았다.

친구든 동료든 부모든 가족이든 연인이든, 적절한 거리를 두고 서로를 그대로 바라보는 것은 매우 중요하다. 숱한 관계는 목적이 뚜렷하거나 목적이 아예 없는 극단적인 경우만 남기고 사라지기 마련이니까. 적절한 거리가 있지만 언제든 반가운 사람, 그 거리에 서운함이 없는 사이, 각자의 삶을 존중하며 나누는 대화의 여운이 긴 관계, 서로의 무탈함과 안부를 묻는 것만으로도 충분한 사람들은 소중하다.

그렇지 않은 사이에서는 기브 앤 테이크가 관계의 기본이다. 준 만큼 돌려받아야 한다는 의지라기보다는 주고 받음이 자연스러운 현상에 가깝다. 받아들이면 오히려 홀가분하다. 그 과정에서 때론 '솔직함이 최고'라는 생각을 슬며시 바꾸기도 한다. 이럴 수도, 그럴 수도 그냥 있는 그대로 두는 것. 부러지지 않으려고 애쓰기보다 가끔은 기꺼이 부러져버리는 것이다. 상대방을

지금의 균형

위한 매너이기도 하지만 실은 나 자신을 위한 일이다. 어차피 우리는 각자 개성을 지닌 사람들이므로.

어른이 되어도 개인 대 개인의 관계를 맺는 데 두려움, 어려움을 겪는다. 그 관계에서 최상의 접점을 찾기 위한 피로감 때문은 아닌지 생각해볼 필요가 있다. 상대방 입장에서도 나에게 다 맞춰줄 이유가 없다. 나 또한 상대방에 모두 맞출 이유는 없다. 서로 다름을 그대로 놔둘 것, 사람이 백 명이면 백 개의 세계가 있다는 것을 인정하고 받아들일 것, 그것이 어른의 관계일 것이다.

그래서 나는 언제쯤 진짜 어른이 될 수 있을까.

기꺼이 함께
소란스럽게

가까운 관계일수록 복잡하다. 오랫동안 관계를 이어주던 상냥함, 사랑의 표현, 다정함, 응원 같은 긍정의 말 대신 날카로움을 꺼내야 할 때 그렇다. 의도했든 그렇지 않든 둥글기만 할 수는 없는 노릇이다. 가까운 사이라면 필수로 거쳐야 하는 순간이기도 하다. 구체적으로는 '좋아하지 않는 것'을 말할 수 있는 용기를 내야할 때다.

사람이 만나 서로 좋아하는 점을 나누는 기한은 유한하다. 언제까지일지는 모르지만 영원하지 않다는 것만큼은 확실하다. 많은 시간을 함께하다 보면 '안 했

지금의 균형

으면…' 하는 부분, 도저히 참을 수 없는 점이 드러난다. 상대방에게 반한 지점이 단점으로 변하는 경우도 있다. 나와는 다른 점이 매력적이었는데 그 점 때문에 미치겠다는 흔한 레퍼토리다. 결혼하기 전엔 노래를 잘 불러 멋졌는데, 평화로운 주말 아침 남편의 노랫소리가 들릴 때면 조금 괴로운 마음이 든다. 대학교 때 밴드 보컬이었고 한때 데뷔를 꿈꿨던 그는 예나 지금이나 같은 마음일 뿐이다. 그저 좋아하는 것을 즐기는 마음. '약간의 소리를 질러야 하는' 그의 선곡에 나의 귀가 예전보다 더 민감하게 반응하는 것뿐일지도 모른다. 남편 역시 좋아했던 나의 어떤 점이 거슬리고 있을지도 모를 일이고.

상대가 하지 않았으면 하는 것들은 말을 꺼내기도 새삼스러울 정도로 사소하다. 하지만 그 사소함, 어쩌면 나의 치사한 부분을 꺼내지 않고서는 관계가 이어질 수 없다. 매일 함께하는 사이에는 하루하루 생활 전체가 관계다. 각자의 삶을 살던 사람들이 공간과 시간을 함께하는 건 아름답고 소란스럽다. 서로의 다름을 확인하는 소란스러움을 기꺼이 지날 수 있어야 한다.

휴일을 보내는 각자의 방식, 공간 사용법, 정리하는 방식, 물건의 쓰임새를 대하는 법 등 불평을 매번 대놓고 말하기는 어려우니 나름의 묘책을 마련해도 좋다. 돌려서도 말해보고 상대방이 정 못 알아들으면 큰맘 먹고 한 판 싸워보기도 한다. 물론 '노래'는 계속된다. 서로를 바꾸기란 불가능에 가깝다. 그래도 불편함을 숨기지 않는 게 중요하다. 좋아하는 점과 함께 불편함을 이야기한다는 것 자체가 '관계를 이어나갈 의지'의 표현이니까.

일상에서든 일터에서든 기꺼이 불편함을 이야기하는 상대, 이야기하고 싶은 사람이 있다면, 행복한 사람일 것이다.

각자의 삶을 살던 사람들이
공간과 시간을 함께하는 건
아름답고 소란스럽다.
서로의 다름을 확인하는 소란스러움을
기꺼이 지날 수 있어야 한다.

가장 다정한 마음으로
나에게 물어보기

여러 명이 함께할 때 분명한 장점이 있다. 가장 좋은 점은 타인을 통한 배움이다. 다양한 사람을 통해 다른 세계를 접할 수 있고 생각을 넓힐 수 있다. 미처 생각지 못한 새로움도 발견할 수 있다. 그것을 얼마나 어떻게 받아들일지는 내 생각과 판단에 달려 있다. 그런 의미에서 여럿이 함께하는 시간은 나를 더 잘 아는 데에도 도움이 된다. 미처 몰랐던 내 모습을 다른 사람 시선으로 직접 듣는 경험은 언제나 흥미롭다. 가령 같은 '나'를 두고 누구는 활발하다고 하고 누구는 차분해 보인다고 한다. 세 보이거나 착해 보인다는 등 완전히 반대

의견을 들을 때 이제는 그다지 놀라지 않는다. 자신의 모습이 사람에 따라 다양할 수 있다는 것, 나는 하나의 고정된 모습이 아니라는 사실을 매번 새삼 마주할 뿐이다.

　　우리는 타인의 주관적 피드백으로 자신을 곱씹는다. 어떤 모습이 정답인지는 자신도 모른다. 무엇을 버리고 택할지는 온전한 나의 선택이다. 타인의 '나에 대한 의견'은 진심 어린 칭찬이기도 하고 날카로운 가시가 되기도 한다. 타인의 기대와 생각에 기대어 살다 보면 해야 하는 일의 '투두리스트' 대부분이 외부에 의해 결정된다. 좋은 대학을 가고, 대기업을 가고, 높은 직책을 맡아야 하고, 또 무엇 무엇을 해야만 한다는 목표들이 그런 것들이다. 그 모든 걸 기적적으로 이루더라도 끝나지 않는다. SNS, 유튜브를 통해서 우리는 타인의 생각을 끊임없이 보고 듣는다. 그렇게 해야 한다고 들은 이야기들로 일상의 계획을 세운다. 남들 생각을 따라가느라 하루 24시간이 모자란다. '누가 해야 한다고 하니까' '좋아 보여서'에서 시작된다면 그것을 진짜 나의 삶이라 부를 수 있을까.

내가 어떤 사람이 되고 싶은지에 따라 타인의 말에 영향을 받을 수도, 흘려보낼 수도 있다. 그 과정에서 '되고 싶은 내가' 되기 위해서는 '순수한 욕망을 따라가 보는 시간'을 따로 내야 한다.

아이 같은 천진난만함을 바탕으로 그냥 좋아서, 하고 싶으니까, 궁금해서, 원하는 일을 해보는 시간이다. 어릴 적 시간 가는 줄 모른 채 엄마가 밥 먹으라고 아무리 불러도 동네에서 뛰놀던 느낌이랄까. 두 팔을 자유롭게 움직이면서 트램폴린 위를 뛰어오르던 홀가분함이다. 그 순간 내면에서 솟아나는 즐거움은 한 번 경험하면 잊히지 않는다. 그런 시간을 통해 자유로움을 느낄 때 비로소 자신만의 단단함을 기를 수 있다. 타인의 시선을 마주한 끝에 오는 '아무렴 어때' 같은 마음은 어떻게 되어도 상관없다는 방관의 자세가 아니다. 오히려 나의 즐거운 지점을 알기에 괜히 흔들릴 필요가 없다는 의지다.

타인으로부터 나에 대한 이야기를 많이 들을수록 자신에게 끊임없이 묻기를 권한다. 타인에게는 내보이지 못할 순수한 욕망을 바탕으로. 이것이 정말 원하는 것인지, 왜 원하는지 등 질문에 답하다 보면 트램폴린 타던 어린 시절의 즐거움을 다시 맛볼지도 모른다. 순수한 욕망에 따른 즐거움은 미래에 대한 괜한 불안을 호기심으로, 희망으로 바꾼다. 긍정 에너지를 저장할 수 있도록 돕는다. 그 에너지가 있어야 다른 사람 피드백에서 받아들여야 할 점, 도움될 만한 이야기, 나의 고칠 점도 재발견할 수 있다. '그래서 넌 무얼 하고 싶은데, 어떤 사람이 되고 싶은데?' 타인과 함께 있다 홀로 돌아오는 길에 물어보자. 가장 다정한 마음으로.

우리가 바라는 멋진 어른이란
인간 대 인간, 한 명의 사람으로서
대화를 나눌 수 있는 사람이다.
그런 어른의 공통점은
상대에게 바라는 것 없이
그저 자신의 삶을 살아간다는 것.
평행선에 마주 서는 입장으로.
너무 무겁지도 너무 가볍지도 않게.
그리고 유쾌하게.

4

결심하다

모든 일은
연결되어 있다

매일 아침 종이 신문을 읽는다. 루틴이라기보다 결혼하기 전 부모님으로부터 길들여진 습관이다. 독립하고 나서도 경기도에서 강남역, 안국역, 청담동, 명동으로 향하는 출근길 버스에서 신문을 보곤 했다. 신문에는 모든 세상사가 있었다. 우연히 좋은 글을 만나면 친구처럼 느껴졌다.

하지만 언젠가부터 종이 신문은 짐이 되었다. 버스 안에서 종이 신문을 꺼내는 사람이라곤 나와 연세 지긋한 소수의 사람들뿐이었고 어느 순간부터는 마치 약속이라도 한 것처럼 버스 안의 그 누구도 종이 신문을 보지 않았다. 이쯤 되니 아무리 타인을 의식하지 않는다고 해도 공공장소에서 신문을 펼치는 것 자체가 민폐였다. 온라인으로 웬만한 기사는 볼 수 있는 데다가 주말마다 쌓인 종이들을 처치해야 하는 수고스러움까지 생각하면 종이 신문은 누구에게나 성가신 존재이긴 했다.

몇 년 전부터 종이 신문을 다시 구독할 때는 신문도 구독 대상이라는 것이 새삼 낯설었다. 넷플릭스, 유튜브 등 콘텐츠부터 각종 브랜드, 경영, 마케팅 관련 정보까지 구독이 익숙한데도. 정보의 홍수 속에서 무엇을 취해야 할지 고민이라는 토로가 여기저기서 터져나오는 세상이다. 그래서 오히려 더 종이 신문을 읽어야겠다고 생각했다. 종이 신문은 매일 조금씩 생각 근육을 키우는 도구이기 때문이다. 일하면서 정보가 필요할 때는 폭식하듯 리서치를 하지만 일상에서는 최소한의 정보와 흐름만, 몸의 감각으로 유지하는 데 이만 한 게 없다.

정치면은 건너뛰고 경제면은 후루룩 읽고 문화면의 기사들, 인터뷰, 각 분야의 오피니언은 자세히 읽

　　　　　　　　　　　　　지금의 균형

는다. 헤드라인보다 작은 기사를 좋아하는데 '그럼에
도 불구하고'의 정신을 다양하게 맛볼 수 있기 때문이
다. 오피니언에는 누군가의 경험, 생각, 정답 없는 의견
과 일상의 단상들이 담겨 있다. 사소해서 그냥 지나칠
법한 장면에서 생각을 끌어올려 삶의 희망을 이야기한
다. 어떤 상황이든 살아가는 이야기들, 인간이라는 존
재에 대한 기쁨과 놀라움, 상황에 대한 안타까움, 어쩔
수 없는 불행, 그럼에도 불구하고 삶을 헤쳐나가는 뜨
거움까지… 한 사람의 인생에 있는 다채로운 색깔을 인
쇄된 글씨 너머로 상상해본다.

　　신문 한 구석의 빛나는 이야기들을 읽으면서 '그
럼에도 불구하고' 크고 작은 꿈을 이뤄가는 사람들 덕
분에 힘을 낸다. 누구나 나름의 힘듦이 있고, 마음먹으
면 다 헤쳐갈 수 있다는 증거들을 수집한다. 힘듦도 지
나가리라는 희망을 품고서. 역경을 딛고 저마다 삶을
살아내는 사람들의 이야기에서 경외심을, 겸손함을,
다시 나아갈 용기를 얻는다.

　　매일 햇빛을 받고 몸을 움직이면서 체력을 쌓듯

이, 누군가의 정돈된 삶을 읽고 생각하는 일은 마음의 힘을 길러준다. 매일 신문을 통해 배운 '그럼에도 불구하고'의 감각을 일에, 생활에, 삶에 부지런히 적용해보는 것이다. 세상 모든 일이 연결되어 있다는 확신이 생긴다.

일과 삶을
분리하지 않는다

일하는 사람의 모습은 가지각색이다. 누구는 규칙적으로 하루하루 무난하게 이어간다. 변화나 도전은 딱히 없다. 이 안정감이 나쁜 것은 아니다. 그 사람에게 일은 삶의 든든한 울타리다. 누군가는 원하는 일을 하고 있어 행복하다. 팀 동료들은 대체로 좋은 사람들이고 종종 일이 빨리 진행되지 않고 가끔 짜증나는 일이 생긴다. 또 다른 누군가는 매일이 전쟁이라 해도 놀랍지 않은 곳에서 치열하게 일한다. 매순간 해내야 할 일 투성이지만 보람차다. 전도유망한 회사였지만 투자 유치가 어려워져 월급을 걱정하며 다른 직장을 알아봐야 할 처지가 되기도 한다. 어떤 조건을 선택했느냐에 따라 일의 모양도 제각각이다. 그 모양마저 상황에 따라 무수한 경우의 수로 변해간다. 누군가의 일을 한마디로 정의하기는 어렵다.

분명한 한 가지는 누구나 자기 몫의 성과를 내야 한다는 사실이다. 이 과정에서 때로는 무참히 무너지면서 성장한다. 뜻대로 되지 않는 상황을 만나기도 하고, 예상보다 좋은 결과에 환호하는 드라마가 펼쳐질 때도 있다. 뿌듯함과 고달픔을 함께 느낀다. 실력을 쌓고, 돈을 벌고, 사람을 얻고, 자신만의 작은 세상을 만들어가는 과정이다. 일과 삶은 멀리 있지 않다.

지금은 일과 삶을 분리하려는 시도가 조금 수그러들었지만, 애초에 가능하다고 생각하지 않았다. 국밥만 먹고 살아도 아무 문제 없던 곳에서 갑자기 미쉐린 프렌치 레스토랑의 세상으로 넘어가는 게 일과 이직의 세계였다. 제아무리 진한 국밥 레시피라도 프렌치 다이닝 세계에서는 소용없다. 반대 경우도 마찬가지. 다른 세상을 넘나드는 현실에서 일과 삶을 분리할 필요도 소용도 없었다. 이직하면서 경험한 직장 생활의 맛

지금의 균형

은 업계, 회사 환경, 동료에 따라 천차만별이었다.

　그럼에도 여러 세계를 관통하는 레시피의 본질이 있었다. 재료를 깨끗이 손질하고, 도구를 바르게 사용하는 법, 어떤 요리든 먹는 사람을 생각하며 정성을 다하는 마음 같은 것들.

　떡볶이를 좋아하지만 평생 떡볶이만 먹고 살라면 왠지 억울해진다. 봄이면 바다내음 물씬 나는 멍게 비빔밥과 통영 도다리 쑥국, 다가올 여름을 대비하는 마음으로 먹는 슴슴한 평양냉면, 툭툭 잘라 그릭요거트에 넣은 가을 한 철 무화과, 뽀얗고 물컹한 굴을 사랑하게 해준 겨울의 맛 굴전까지. 어쩐지 제철 음식을 챙겨 먹는 즐거움과 일의 즐거움은 닮은 구석이 있다.

　살아가면서 어떤 형태로든 '일'을 해야 한다고 생각한다. 사람은 일을 통해 성장한다. 일은 개인의 발전을 도모하고, 생활에 직접적인 영향을 미친다. 타인을 이해하고 자신을 더 깊이 탐구하도록 한다. 물론 고민을 마주할 때도 있다. 계절을 음미할 새 없이, 한 끼 허기를 채우려 허겁지겁 음식을 먹어야 할 때처럼. 하지만 아무리 한 끼 제대로 먹을 시간이 없더라도 공간 좋은 카페에서 에스프레소와 티라미수를 즐길 수 있는 여유는 남겨두고 싶다. 일을 통해 몰랐던 다양한 세상들을 알아가고 더 많은 사람들과 다채로운 시간을 보내기 위해서. 그러다 또 고민이 생기더라도 음미하고 싶은 봄, 여름과 가을, 겨울이 돌아올 테니.

지금의 균형

괴로워도
잘해내고 싶은 일

일하는 동안 좋아하는 일을 했고, 때로는 좋아하지 않는 일도 했다. 정확하게는 좋아하는 일을 할 때도 싫어하는 부분이 있었고, 싫어하는 일에도 좋아하는 면이 있었다. 좋아하는 일을 하는 동안 만난 싫은 부분은 '허들' 같았다. 뛰어넘어야 그다음이 있었다.

처음부터 그다음이 보인 것은 아니었다. 어떻게든 싫어하는 일을 피하고 싶었다. 피할 방법을 열심히 찾아보기도 했다. 하지만 일이란 게 그리 단순하던가. 싫다고 마냥 피하다가는 남아나는 일이 없었다. 피하는 대신 왜 그 일이 싫은지 곰곰이 생각해야 했다. 싫은 이유가 나쁘거나 누군가에게 피해를 준다면 피해야 했다. 익숙하지 않거나 귀찮기 때문이라면 허들을 넘어야 했다. 이왕 만난 허들은 잘 넘어보고 싶었다. 그것도 멋지게.

허들은 자꾸 나타나다가 차츰 익숙해진다. 어떤 높이의 허들이 나오더라도 '또 나왔군' 하는 마음이 든다. 반갑지는 않지만 주눅 들 필요도 없다. 자꾸 뛰어넘다 보면 아주 가끔은 싫어했던 부분이 좋아지기도 한다. 좋아하는 일에서 싫어하는 구석을 만날 때와는 리듬이 다르다. 싫다는 느낌은 뾰족해서 몸이 바로 알아챈다. 하지만 좋은 면은 금세 눈에 드러나는 법이 없다. 어색했지만 계속 만나니 어느새 정든 사람 같기도, 드물게 만나는데도 나도 모르게 속 이야기를 털어놓을 수 있는 사람 같기도 하다.

피할 수 없이 싫어하는 일을 마주한다면 적어도 덜 싫어하기 위한 몸부림이 필요하다. 덤덤하게 해보기, 있는 그대로 받아들이는 연습하기 등의 지루한 시간을 거쳐 포기하고 싶을 즈음, 싫어하는 일 틈바구니

안에서 좋아하는 면이 살며시 고개를 내민다. 좋아하는 일을 하면서 만난 싫어하는 구석에 차츰 익숙해지면 좋아하는 일의 다양한 면면을 알 수 있다. 싫어하는 구석을 통해 좋아하는 일에 '프로'가 되는 느낌이 들기도 한다.

기획 업무를 하다가 세일즈 직무로 이직을 했을 때였다. 무언가를 만들고 발전시키는 일을 좋아하는 성향상 세일즈 관리는 매출 목표를 달성해야 하는 단순한 일 같았다. 하루하루 단조로움을 느끼며 지쳐가던 중 세일즈 업무에서 '사람을 성장시키는 일'을 발견했다. '사람의 성장을 이끄는 일'을 좋아한다는 걸 우연히 알게 되었고 팀워크의 발전은 직접적인 매출 성과로 이어졌다. 매출뿐 아니라 어떤 일에서든 개개인의 성장을 도모하는 일은 중요했다.

'발견'은 의외성을 준다. 싫어하는 일이라도 잘해보고 싶은 의욕이 샘솟는다. 단조롭던 일이 재밌게 느껴질 수도 있다. 바위틈 사이를 비집고 나온 이름 모를 풀처럼 막막한 곳에서 만난 희망이다.

브랜드 MD로, 디렉터로 일하면서 좋았던 것은 기

획하는 즐거움이었다. 세상을 읽고 새로운 것을 꺼내어 브랜드로 내놓았을 때 사람들의 반응이 가시화되는 과정에서 희열을 느꼈다. 하지만 그것은 찰나다. 멋진 기획이 떠올랐다고 저절로 결과로 이어지는 일은 없다. 왜 이 기획이어야 하는지 설득하는 자료를 만들고, 예산을 받아내야 한다. 기획안을 토대로 시작하더라도 사건 사고들로 수습할 일이 무수히 벌어진다. 절정의 순간을 위해선 숱한 작업들, 반복되는 커뮤니케이션, 설득과 번복, 경쟁 등 여러 난관을 거쳐야 한다. 애초 아이디어를 꺼낼 때의 흥분은 사라지고 괴로움이 대신한다. 그럼에도 누군가 "지금 하고 있는 일이 항상 좋은가요?"라고 묻는다면, "항상은 아니지만 그래도 좋습니다"라고 말할 것이다. 괴로워도 재미있는 일, 더 잘해내고 싶은 일은 결국 좋아하는 일이 된다. 허들을 넘어본 일은 여러 모양으로 퍼져나가, 또 다른 좋아하는 일의 시작이 된다.

일도 삶도 좋거나 싫거나, 이분법으로 나눌 수 없다. 좋기도 하고 괴롭기도 하지만 대체로 좋은 것들을 곁에 두고 갈고닦아서 나의 것으로 만들어가는 것이 일이고 삶이다. 그러니 좋아하는 일이 될지 싫어하는 일이 될지 모를 '관심 가는 대상'을 부지런히 경험해보는 수밖에. 크고 작은 어려움을 하나씩 친구 삼아 해결하고, 그 길을 가는 동안 좋은 사람들과 에너지를 나누는 기쁨을 누리면서. 일을 통해 성장하고, 내 삶의 터전을 닦고, 나아가 다른 사람들에게 도움을 줄 수 있다면 그 일이 바로 좋아하는 일이 되어줄 것이다.

시간이 지날수록 좋은 점은
특정 부분의 예민함이 둥글어진다는 것.
스스로 선택한 예민함은 오히려 편안하다.
싫어하는 것을 하지 않을 수 있는 단단함
좋아하는 것을 이어가는 즐거움
군더더기 없는 생활을 만들 수 있다.

하고 있는 일, 해야 하는 일
하고 싶은 일

중학생 때 담임 선생님은 기발한 아이디어로 짝을 정해주었다. 같은 등수의 여학생과 남학생이 함께 앉기. 동질감이 경쟁심으로 발전하기를 바라셨겠지만 책상에서 나온 지루한 아이디어였다. 남학생 1등과 여학생 1등의 마음은 달랐을지도 모르겠지만. 1등도, 창피할 정도의 등수도 아니었던 나와 P는 공부에 큰 욕심이 없었기 때문인지 금방 친해졌다.

서로 비슷하지만 지루하지 않은 친구가 바로 P다. 자신만의 브랜드를 론칭하고 성수동에 사무실을 꾸린 그와 회사 대 회사로 협업한 적이 있다. 그는 늘 밝고 긍정적이었다. 이른 점심을 먹기 위해 만난 그는 버건디와 마젠타 컬러가 섞인 반코트와 적당히 통 넓은 인디고 데님을 입고 있었다. 순댓국부터 햄버거까지 다양한 메뉴를 오가다 그의 단골 가게라는 이탈리안 식당에 갔다. 그는 앉자마자 정답을 맞히는 사람처럼 메뉴 몇 개를 휘리릭 주문했다. 그러곤 말했다. "난 요즘 다 재미없어. 별로 하고 싶은 것도 없고." 삶이 익숙하다 못해 지루하다는 듯이.

'다들 하고 싶은 일을 하는 걸까?' 문득 궁금했다. 만나자마자 P가 대뜸 한 말 때문만은 아니었다. 그즈음 한 학생에게 받은 이메일 역시 '하고 싶은 일'에 관한 고민이었다. A4 용지 두 장 가까이 되는 그 고민에는 '경영학을 전공하며 브랜드와 패션 마케팅에 관심이 생겨 강의를 듣게 되었지만 진짜 하고 싶은 일은 음악'이라는 이야기가 담겨 있었다. 학교 공부를 열심히 하면서 대외 활동으로 마케터로서의 실력을 키우고, 꿈을 이루기 위한 음악 공부는 별도로 하고 있었다. 요약해 놓으니 제법 담백하지만 당사자는 크고 작은 괴로움과 현실적인 고민을 토로했다. 이 학생의 삶이 멋지다고 생각한 건 P의 말 덕분이었다. 행복하지 않을 이유가 없는 그 친구가 행복하지 않아 보인 이유를 그 학생을 떠올리며 짐작할 수 있었다.

현재 하고 있는 일, 현실을 위해 해야 하는 일, 하고 싶은 일을 위한 투자. 삶은 이 세 가지의 균형을 이루기 위한 고군분투다. 이 중 '하고 싶은 일'은 주어진 안락함이 대체할 수 없는 자기 생에 대한 진심이다. 하고 싶은 일이 있는 사람은 반복되는 해야 하는 일, 현실의 일이 불러오는 좌절과 불안 속에서도 에너지를 길어 올릴 수 있다. 다른 사람에게 묻고, 읽고 쓰고, 자신을 다시 들여다보고, 갈 길을 또다시 갈 수 있다.

그 학생과는 몇 번의 이메일을 더 주고받았다. 어떤 꿈을 갖든 무엇이든 잘해낼 거라고, 그러니 자신을 믿으라고. 뻔하지만 가장 진심 어린 말이었다. 헤맬 때 누군가가 내게 해주던 말이기도 했다. '모든 게 재미없다'는 P에게는 "재미있는 일을 하려고 마음먹으면 할 수 있는 건 많지 않아? 찾아서 하면 되지"라며 핀잔 아닌 핀잔을 줬다. 마음 깊이 알고는 있었다. 생각처럼 몸도 마음도 움직여지지 않을 때가 있다는 걸. 하고 싶은 일이 없다는 무력감으로부터 비롯된 인생의 무게감에 대해서도. 하지만 늪에 빠진 이를 구할 수 있는 건 오직 그 자신뿐이다. 삶에서 세 가지의 균형을 잘 이룬 적 있던 그는 충분히 해낼 수 있는 일이기도 했다.

사람 사는 게 비슷해 보이지만 일의 세 가지 균형에 따라 저마다 삶의 형태는 다르다. 늘 그렇듯 정답은 없다. 적절한 균형을 이룬다는 건 이십 대에도 삼사십 대에도 쉽지 않은 일이다. 어느 기사에선 예전보다 명문대를 선호하는 경향이 줄었지만 이게 곧 사교육 시장의 축소를 의미하지는 않는다고 했다. 단적인 예지만, 삶의 문제가 더 다차원적으로 복잡해진 것이라고 생각한다. 대학 강단에서 만났던 친구들이 단순히 직업이나 취업이 아닌 일과 삶에 대한 복합적인 고민들을 하는 것과도 연관돼 있을 것이다. 하고 있는 것, 해야 하는 것, 하고 싶은 것을 동시에 해야만 하는 운명.
P를 만난 날은 마침 종강 날이었다. 4학년 학생들이 대부분이라 이제까지의 커리어를 바탕으로 진로 강

의를 했다. 마치면서 말했다. "좋아하는 일, 하고 싶은 일이 있다는 것은 행복한 일이에요. 그 행복은 누구도 대신해줄 수 없으니까요." 며칠 후 메일을 보내왔던 학생에게서 다시 메일이 왔다. '하고 싶은 일이 있는 건 행복'이라는 말이 가장 큰 힘이 되었다고. 그 강의에서 만났던 학생들은 (자신들은 미처 깨닫지 못했겠지만) 어렴풋이 알고 있는 것 같다. 하고 싶은 일을 할 때, 그 순간의 벅참에 대해서. 비록 그 과정이 힘들더라도, 단번에 이루어지지 않는다 하더라도 그 자체에 생명력이 있다는 것을. '하고 싶은'이라는 말에는 하고 있는, 해야 하는 일을 이끌 수 있는 힘도 담겨 있다는 사실까지도.

지칠 때 힘이 된
한마디

꾸준히 하는 것을 쓸모없다 여겼다. 오래 치던 피
아노를 그만두고 시작한 미술 입시에서 불합격하고 나
서부터였다. '꾸준하게 한다고 뭐가 달라질까?' 촘촘한
노력보다 막연한 두려움, 패배감에 사로잡혔다. 키보
다 훨씬 높은 장벽을 뛰어넘어야 하는 압박감 대신 상
황을 탓했다. '이건 이래서 못하고 저건 저래서 싫어, 내
탓이 아니야' 하며 결정적인 순간에 문제를 자꾸 피했
다. 요리조리 잘 피해서 당장 그 문제가 사라지는 날엔
기뻤다. 마주해야 한다는 것을 인정하고 싶지 않았다.
하지만 이것은 게임이었다. 내가 유일한 캐릭터이자

나를 키우는 현실 게임. 누구와의 경쟁이 아니라 나 자신과의 게임이었다. '인생의 게임판'에서 잘 피했다고 생각한 문제는 반드시 다른 모습으로 다시 나타난다.

불과 얼마 전에도 그랬다. 한창 육아와 일을 병행할 때 숨이 턱턱 막혔다. 집, 생활, 육아, 일, 어느 하나 손에서 놓으면 안 되는 상황. 새 생명을 키우고 커리어에서 한몫하며 생활을 영위하는 일은 곡예넘기 같았다. 외줄타기에서 한 번 떨어지면 끝날 것만 같은 긴장감을 매순간 안고 몇 년을 보내던 중이었다. 나 하나 건사하기도 힘든 성격이라 늘 힘에 부쳤다. 그럴 때 가끔 엄마의 삼십 대가 떠올랐다. 아이 셋을 키우면서 삼십 년 가까이 일한 엄마는 어떤 하루를 보냈을지 상상한다. 발을 동동 구르며 일터로 가고, 학교 다녀와서 옹기종기 있었을 우리에게 오기 위해 치열하게 건너왔을 그 시간을.

엄마에게 안부 전화를 한 그날은 유독 힘들었는지 대뜸 투정부터 했다. "아니 엄마, 너무 힘들어. 원래 이런 거예요? 회사에, 육아에, 집안일에… 끝이 있기는 한

거냐고." 누가 무슨 말이라도 해줬으면 싶었다. 여간해
서는 응석이나 투정 같은 걸 부리지 않는 딸의 성화에
엄마가 말했다. 뾰족한 수가 있겠냐는 듯이. "그냥 하는
수밖에 없어. 점점 나아지긴 하겠지. 끝은 없어." 전혀
기대한 답이 아니었다.

　어찌 보면 절망에 가까운 그 말을 듣는 순간 팽팽
했던 삶의 긴장감이 툭 끊어지면서 오히려 마음이 편
해졌다. 어설픈 희망과 위로의 따뜻함 대신 현실을 직
시하는 날카로움에 바짝 정신이 들었다. 지금이 한겨
울인 것을 알면 몸을 꽁꽁 싸매고 두 눈만 내놓고 앞을
보고 걸으면 된다. 다른 방법을 찾을 필요도, 고민할 것
도, 다른 선택지도 없이 하던 대로 그저 해야 할 일을 해
나가면 나아진다. 0에서 100을 만들 순 없겠지만 0에
서 마이너스가 되지도 않는다. 적어도 1일 테고, 매일
하면 매일 조금씩 나아질 수 있다는 게 현실이었다.

　문제를 똑바로 보고 풀어가는 동안 한 단계 성장
한다. 인생은 높이뛰기하듯 숨을 크게 들이마시고 한
번에 결과를 내야 하는 일이 아니다. 폴짝폴짝 줄넘기

를 하듯 작은 뜀박질부터 시작하면 된다. 처음에는 자꾸만 줄에 걸리고 다리도 팔도 아플 것이다. 중요한 건 '그럼에도 불구하고' 움직인 시간의 기록들이 몸에 남는다는 사실이다. 지금 이 시간을 지나 또다시 같은 문제를 마주친다면, 그때는 2단뛰기를 할 수 있다. 더 쉽고, 더 편하게, 한 번에 원하는 것을 모두 이루는 방법은 없다. 실행하고, 작은 성공을 맛보고, 또 움직이면서 조금 더 큰 성공을 이루는 과정이 있을 뿐이다. 누구와 비교하지 않고 '내 인생'에서 꾸준히 나만의 성공 감각을 쌓아가는 것이다.

내 안의 여러 불씨를 샅샅이 살피고 찾아낸 후에 필요한 건 그냥 하는 것뿐이다. 안주하고 싶은 마음을 향해 저리 가라고 손짓하면서, 수백 번 해야 함을 당연하게 받아들이는 마음이 필요하다. 마음대로 일이 풀리지 않을 때, 싫은 환경을 매일 마주할 때도, 인생의 구비구비마다 '그럼에도 불구하고 그냥 하자'는 마음이 삶의 동력이다.

독학으로 복서에서 세계적 건축가가 된 안도 타다

오Ando Tadao의 말, "자기 삶에서 빛을 구하고자 한다면 먼저 눈앞에 있는 힘겨운 현실이라는 그림자를 직시하고 그걸 뛰어넘기 위해 나아가야 한다"를 기억한다.

한계가
동력을 만든다

일전에 문화역 서울 284에서 열린 프리츠 한센Fritz Hansen 150주년 기념 전시 〈영원한 아름다움Shaping the Extraordinary〉을 보았다. 옛 서울역 공간의 웅장함과 프리츠 한센의 오랜 역사가 어우러졌다. 일전에 편집숍을 론칭하면서 소개한 브랜드이기도 해서 반가운 마음으로 관람했다.

널따란 공간에서 천천히 발걸음을 옮기며 가구와 조명 하나하나의 스토리를 따라갔다. 프리츠 한센과 협업했던 디자이너 인터뷰 영상에 인상적인 말이 있었다. "제약 조건이 있다는 것은 흥미롭습니다. 더 창의적으로 생각할 수 있거든요." 인터뷰 영상 앞을 무심히 지나가는 사람들 사이에서 한계는 동력을 만든다는 말에 한참을 붙들려 서 있었다. 그가 말한 제약이란 프리츠 한센에서 요구하는 디자인 컨셉이나 비용 등 프로젝트에 으레 따라오는 것들이었다. 프리츠 한센은 가구 제작 회사로 출발해 세계적인 리빙 디자인 그룹이 되었다. 일찍이 세계적인 디자이너들과 협업해 브랜드 색깔을 다채롭게 만들고, 가구에서 조명 등 카테고리로도 확장했다. 일에 관한 이야기였지만 인생 전체에 관한 것으로 들렸다.

흔히들 한계를 '넘어야 하는 대상'으로 여긴다. 그 앞에서 머뭇거리거나 두려워하기 일쑤다. 그 두려움을 이겨내려고 애쓰기보다 다르게 바라보는 건 어떨까. 한계를 눈앞의 문제를 풀어낼 키key로 바라본다면 한계는 활용할 수 있는 흥미로운 대상이다.

한계를 인정하고 경계 안에서 새로움을 찾아내면 지금과는 다른 길을 찾아갈 수 있다. 약점이 강점이 되는 순간이다. 삶에서 한계를 흔히 불행으로 여기지만 창작의 실마리로 삼아 나아가는 이들도 있다. 한계는

지금의 균형

현재를 바꾸는 힘이 된다.

삶의 유한함이 현재를 자유롭게 한다. 인생에는 끝이 있고 오늘은 돌아오지 않는다는 자명한 사실은 한계 앞에서 망설일 시간은 없다고 알려준다. 시간의 유한함을 정면으로 마주하면 애써 삶의 다른 방법을 찾지 않는다. 누군가의 이야기를 좇거나 무언가에 기대거나 쓸데없는 하소연을 하지 않는다. 누구에게나 시간이 유한한 만큼 그 누구도 삶을 살아가는 뾰족한 방법을 알 수 없다. 자신만의 방법이 있을 뿐이다.

삶은 유한하고 각자의 삶은 유일하다는 사실이 허무함과 위안 그리고 대체할 수 없는 희망을 준다. 더 해보자고, 한 발만 더 포기하지 말자고, 마음껏 멋대로 내 인생을 살아보자면서.

어설픈 희망과 따뜻한 위로 대신
현실을 직시하는 일은 날카롭다.
하지만 현실을 인정하는 순간 자유로워진다.
두리번거리며 다른 방법을 찾을 필요도
자책할 것도 없이
그저 해야 할 일을 해나가는 것이
지금의 최선 아닐까.

후회하지 않기로
선택하기

지나온 숱한 선택들은 뒤죽박죽 뒤섞인 색채를 띤다. 선택할 당시의 기대감과 결과가 반드시 일치하지는 않는다. 좋다고 판단한 선택으로 오히려 힘든 상황을 겪기도 한다. 화려해 보여서, 무턱대고 좋다고 믿어 버려서, 쓸데없이 꼼꼼히 따진 선택들이 뒤통수를 친다. 무언가를 선택하는 것이 두려워 주변에 물었던 때가 있었다. 'A가 좋을까요, B가 좋을까요? 아님 C는요?' 나름대로 생각했지만 도통 갈피를 잡을 수 없었다. 하나를 선택했을 때 얻는 장점과 단점은 달라도 너무 달랐다. 생각이 많아질수록 자신감도 선택지도 희미해졌다. 아무것도 포기하지 않는 마음으로는 어떤 선택도 할 수 없었다. 선택이란, 선택하지 않은 것을 삶에서 떠나보내야 한다는 뜻이었다.

그 선택의 결과로 태풍이 휩쓸고 지나간 것 같은 황폐함을 마주할 때도 있다. 그럴 때면 아찔함, 막막함, 씁쓸함으로 자신을 몰아세우기도 하지만, 결국 후회하지 않기로 선택한다. 선택 자체를 후회할 일은 아니다. 늪에 빠진 듯한 질퍽한 기분을 스스로에게 줄 필요는 없으니까.

현재 내 앞에 있는 것에 집중할 차례다. 아무리 멋진 조건이라도 새장 안의 새처럼 살 수 없다고 내린 선택, 얽매이거나 억압받는 것을 버린 자리에 긍정적인 욕심을 채우는 것이다. 다시 해보자고, 자신에 대한 믿음을 실행하기로 선택할 수 있다.

긍정이란 늪에 빠진 김에 손에 쥔 흙으로 도예를 할 수 있다는 믿음이다. 찰흙을 이리저리 손으로 매만지면서 그릇을 만드는 과정이 처음부터 아름다울 수는 없다. 만들다가 무너지기도 하고 어찌저찌 가마에 굽더라도 생각지도 못한 색일 수도 있다. 결국 깨뜨리기

지금의 균형

로한 선택도 또 한 번 해내기 위한 선택이다. 계속, 원하는 모양이 나올 때까지 포기하지 않기 위해서. 완벽한 모양을 끝내 만들 수 없을지도 모른다.

그렇게 가마 앞을 지키다 보면 언젠가 알게 될 것이다. 그냥 이 과정이 하나의 모양이라는 것을.

계산하기보다
방향 설정

좋은 선택에는 큰 방향성이 있다. 계산기를 열심히 두드리며 치밀하게 더하고 빼서 한 선택은 의외로 좋은 결과를 가져다주지 못했다. 일, 관계, 투자, 하다못해 쇼핑을 할 때도 그랬다.

'대기업이니까 당연히 좋지 않겠어?' '이 정도면 괜찮겠지' 치밀하게 한 선택들은 피상적인 기쁨만 주었다. 그것도 아주 짧게 스쳐 지나갈 뿐이었다. 다른 선택을 할라치면 주변에서는 응원은커녕 의아해했다. 아니왜? 편한 길 놔두고 굳이 가시덤불로 가냐고. 결혼하고 혼자 유학을 떠날 때도, 대기업에서 해외 기획 업무를 그만두고 세일즈 현장으로 이직할 때도, 스타트업에서 팀을 꾸려서 브랜드 론칭을 위해 또 다른 대기업을 퇴사하는 선택에도, 공부를 시작할 때도, 결혼을 결정할 때도 마찬가지였다. 다른 이유는 없었다. '내가 원한다'는 것뿐이었다.

그냥 툭, 커다란 방향성을 보고 시도한 것들이 살아 있는 결과로 이어졌다. 무모하고 어리석어 보이더라도 내가 원했던 것들이었다. 올바른 방향을 끊임없이 가늠하되 마음에 충실했다. 모든 선택이 행복하고 편안한 결과만 가져온 것은 아니다. 하지만 용기를 내어 기존 틀을 벗어난 선택이 의미 있는 결과를 얻었을 때 그곳에는 나만 알 수 있는 찬란한 희열이 있다. 인생이 텅 빈 캔버스라면 마음껏 원하는 그림을 그리면 된다는 것을 차츰 믿게 되었다.

'해볼까? 실패하더라도 얻는 게 있겠지.' 진심으로 한 선택은 어떤 형태로든 인생에 플러스로 돌아온다. 당장은 조금 마이너스일지라도 좌절할 필요 없다. 플러스로 만들어가면 된다. '만약 지금 선택이 잘못되면 어쩌지?' 안절부절못하는 마음이 아니라 '아님 말고, 좋아서 했으니 됐다'는 느슨함과 팽팽함을 동시에 갖는 것. '배운 것이 있네' '한 단계 업그레이드되었네. 오히려 좋다!' 같은 여유가 다음 선택을 이끄는 힘이 된다.

인생에 완결형 선택은 없다. 한 단계 이루었다고 해서 '오랫동안 행복하게 살았답니다' 같은 동화책의 결말도 없다. 어떤 선택이든 진행형이라는 사실이 오히려 좋은 이유는 나의 의지에 따라 얼마든지 새로운 이야기가 될 수 있기 때문이다. 내가 '나의 인생'이라는 영화의 시나리오 작가이고 총감독이자 주연 배우다.

치밀하고 세세하게 더하고 빼며
계산기를 두드린 일이
반드시 좋은 결과로 이어지는 건 아니다.
때로는 무모하고
어리석어 보이는 일이 기회로 연결된다.
얄팍한 계산은 얼마 가지 않아
앙상한 모습을 드러낸다.

혼자만의
시간 갖기

혼자만의 시간은 소중하다. 혼자 있는 것을 즐긴다고 여럿이 함께하는 시간을 싫어하는 건 아니다. 사람들과의 대화, 함께하는 시간이 주는 즐거움과 열띤 그 에너지를 사랑한다. 다만 혼자 있는 시간의 안온함은 특별하다. 창문을 활짝 열어 상쾌한 바람을 불러 환기하고 햇볕이 비치는 공간으로 화분을 옮겨 물을 주듯 에너지를 받는 시간이다. 무럭무럭 자랄 수 있도록 자양분을 공급받는, 우직하게 생존하기 위해 반드시 필요한 시간이다.

어릴 때는 혼자 있는 시간이 두려웠다. 친척들이

북적거리며 모이는 명절 끝자락에 늘 집에 가기 싫다고 투정을 부렸다. 지금은 다정하지만 당시는 엄했던 아버지 덕에 집의 공기가 무겁게 느껴지던 때였다. 친척들 없는 그 집에서 혼자만의 시간은 고요함이나 평온함보다 어색한 감정이 앞섰다.

유치원부터 고등학교까지 각기 다른 동네에서 일곱 군데의 학교를 다니면서부터 달라졌다. 학창 시절은 내부인과 이방인의 경계에 있었다. 혼자만의 시간을 가져야만 이방인에서 다시 내부인으로 건너갈 수 있었다. 고립된 시간은 외로움이 아니라 나와 외부를 연결하는 다리와도 같았다.

대학생 때부터는 본격적으로 혼자만의 시간을 만들었다. 졸업 전 여름 방학, 뉴욕에서 한 달을 살았다. 링컨 센터 뒤 작은 아파트에서였다. 두 명이 몸을 누이면 꽉 차는 방 하나에 거실 겸 부엌이 있는 공간이 전부였다. 온라인에서 만난 여성 네 명이 함께 사용했다. 뉴욕에 온 목적은 각각 달랐다. 미대생은 방학 동안 뉴욕의 미술관과 박물관을 모두 둘러보는 것이 목표였다. 다른 한 명은 여름마다 발레를 배우러 오는 대학교 강

사였고, 또 다른 한 명은 여행 중이었다. 나는 패션과 뉴욕 문화를 경험하기 위해서였다. 여행의 이유가 달랐기 때문에 같은 공간을 사용하며 한 달을 보내기에 이상적이었다. 넷이서 함께 아침을 차려 먹은 후 혼자만의 시간을 보내다 저녁에 만났다. 나중에는 이마저도 각자 알아서 했다.

새로운 일을 시작하는 데는 두 가지가 필요하다. 자유로운 마음 그리고 어색함을 이겨내고 내딛을 첫발. 처음부터 완벽하게 남들처럼 잘할 필요가 없다. 내가 할 수 있는 만큼만 무리하지 않아야 '시작'할 수 있다. 내 노력을 매순간 타인이 이뤄놓은 성과와 비교하는 삶에는 그 어떤 시작도 없다. 걱정을 뒤로하고 자신을 믿고 '내 세상' 밖으로 발을 디뎌보는 것이 잘하기 위한 출발점이다. 시작했다는 것만으로도 스스로를 기특하게 여기는 마음이 중요하다. 타지에서 혼자만의 시간이 낯설게 느껴질 때 나에게 했던 말이기도 하다.

숙소 근처에서 마음 가는 만큼만 움직이기로 했다. 샌드위치를 대강 만들어서 배낭에 넣고 작은 스케

치북과 노트를 챙겨 센트럴 파크로 향했다. 시야가 확 트인 경치는 지루할 틈이 없다. 조깅하는 사람들의 간격이 일정하다가 멀어지는 모습, 저마다의 옷차림과 몸짓, 양 옆으로 펼쳐진 스카이라인의 리듬, 각기 다른 채도의 연두와 초록 나뭇잎들, 행복에 겨운 연인들, 혼자 책을 읽거나 일광욕을 즐기는 사람들까지. 이 모습들이 익숙해져 지루할 때쯤이면 근처 서점에 들렀다. 쌓인 잡지들만 뒤적여도 반나절이 훌쩍 지났다. 그러다 저렴한 티켓을 구해 음악회를 가고, 뮤지컬을 보고, 크고 작은 미술관에서 자주 시간을 보냈다. 발레를 배우기도 하고 문득 길거리에서 꽃을 사기도 하면서.

하루하루 바쁜 일상 속에서 타인을 배제하고 오직 나에 대한 생각을 하는 시간이 얼마나 될까. SNS로 타인의 일상이 공유되는 시대, 정보가 많아지는 만큼 자신의 삶에 대한 생각도 깊어지고 있는 걸까. 그렇지 않기에 혼자 보내는 시간의 농도는 짙다. 철저하게 자신에게 집중하고 스스로 생각하게 한다. 목적 없이 발이 닿는 대로, 별다른 정보 없이 충실하게 감각을 따른 시간은 선명히 남는다.

일상에서 틈을 내고 싶을 때 나는 뉴욕에서의 여름을 떠올린다. 달큰한 공기 냄새, 파랑과 보라가 뒤섞인 하늘 색깔, 자주 가던 베이커리 가게의 음악, 골목길 모퉁이의 장식을 보면서 했던 생각까지도. 그때 혼자 보낸 시간에 느꼈던 감각들을 일상에서 깨워낸다. 뉴욕이 아니라면 어떻고 파리나 밀라노가 아니면 어떤가. 동네 작은 공원, 카페, 서점 등 어디서든 혼자만의 시간을 밀도 있게 보낼 방법은 무궁무진하다. 중요한 건 철저하게 혼자가 되는 것. 외부를 차단하고 나에게 집중하는 시간이 쉽지 않은 만큼 '혼자'가 되기로 하는 시간은 소중하다.

'혼자 있을 줄 모르는 이 불행이라니!'

19세기 후반 프랑스 시인 보들레르는 신문에서 '고독은 해롭다'는 기사를 보고 《파리의 우울》 산문집에 이런 글을 남겼다고 한다. 혼자만의 시간에서야 건져올릴 수 있는 인생의 보석을 모르고 이리저리 타인에게서 자신을 찾으려고 하는 사람을 두고 한 말이다.

혼자 있는 시간이 행복이라는 보들레르의 말은 그 어디서도 행복을 찾지 못하고 온오프라인을 방황하는 우리에게도 필요한 말이다.

해내기 위해 필요한 건 단순하다.
도전하는 마음을 잃지 않는 것
한발 더 깊게 들어가보기.
중요한 건 스스로를 사랑하는 마음.
이것은 무작정 열심히 하는 단순함과는 다르다.

의심하지 말자.
무얼 하든 시작부터
끝까지 하는 과정은 지루하고
넘어야 하는 거대한 산과 같다.
그러니 언제나 자신을 믿고 뚜벅뚜벅 가기로.

성공은
선형이 아니다

 ·

직접 보지 못해 아쉬웠던 공연이 하나 있다. 애플, GAP, LG 등의 광고로도 알려진 프랑스 안무가 요안 부르주아Yoann Bourgeois의 내한 공연이다. 요안 부르주아는 〈성공은 선형이 아니다〉라는 영상으로 SNS를 한동안 뜨겁게 달군 인물이다. 영상의 내용은 이렇다.

어두컴컴한 공간 천장에 헤드라이트 몇 개가 달빛처럼 빛을 비춘다. 말끔한 검정색 양복을 갖춰 입은 남자가 계단을 한 발 한 발 서서히 오른다. 중력을 거스르고 리듬에 발맞추면서 계단을 올라가다 바닥으로 떨어지고 다시 오르기를 반복한다. 표정의 변화 없이 묵묵히 떨어지고 오른다. 피아노곡 드뷔시의 〈달빛〉을 배경으로 계속 계단을 오르던 남자는 마침내 계단의 윗부분에 다다른다.

무언의 퍼포먼스가 백 마디 말보다 진하게 와닿는다. 성공은 선형이 아니니 오늘을 딛고 가는 수밖에. 그 과정이 요안 부르주아의 퍼포먼스처럼 아름다울 거라고 믿으면서.

5

움직이다

돈보다
일의 즐거움을 핑계로

만약 퇴사하면 경제적으로 어떤 상황이 되는지 계산해본 적이 있다. 아이가 두세 살 즈음이었다. 현실과 일상에 조금의 여유도 허락되지 않던 그때 엑셀 파일의 숫자가 똑똑히 말해주었다. '퇴사는 무리야. 아니, 불가능해.'

월급이 없더라도 대출금 걱정할 필요 없고, 먹고 싶은 음식과 문화생활을 제한 없이, 가끔의 여유를 즐길 수 있었다면 예측불가한 상황에 놓일 때마다 퇴사를 고민했을지도 모른다. 하지만 늘 이러지도 저러지도 못했다. 서른 살, 이직을 앞두고 집값의 70퍼센트를 은행에서 대출받아야 했을 무렵부터였다.

　방법이 없을 때 방법은 한 가지뿐이다. 하던 걸 계속 하는 것. 그만두지 못할 바에 제대로 달리기로 했다. 연봉은 중요한 문제였다. 자존심과 직결된달까. 고과와 연봉, 인센티브, 스톡옵션 등 숫자는 곧 일의 결과였다. 기대하던 숫자가 나오지 않으면 일의 의미를 잃어버리는 날도 더러 있었다.

　문제는 기대하던 숫자에서도 일의 의미가 느껴지지 않을 때였다. "나, 여기서 회사 생활 25년 하면서 이직으로 퇴사하는 사람은 처음 봐." 상사는 당황스럽고 신기하다는 듯 말했다. 퇴사를 선택한 건 나였지만 그를 이해할 순 있었다. 보장된 정년과 연봉, 복지 혜택, 적당히 일하고 칼퇴근할 수 있는 직장 생활. 사원증을 목에 걸고 커다란 빌딩을 드나들 때면 '안정이란 이런 것이구나' 생각했으니까. 극도로 안정된 직장 생활이 인생의 낭비 같아서 선택한 퇴사에 부모님은 '제 발로 복을 찬다'면서 '현실 감각이 없다'고 한소리하셨다. 그 말을 이해하긴 했지만 동의할 순 없었다. 당연히 돈은 내게도 매우 중요했으니까.

일을 선택하는 기준이 단지 '돈'이라고 해서 나쁘다거나 좋다고도 할 수 없다. 다만 그런 사람도 저런 사람도 있다. 내가 그런 사람이 아니라는 게 문제라면 문제였고, 현실이라면 현실이었다. 일에서 성취를 뺀 돈의 가치는 오래가지 못했다.

돈이 전부라면 일하면서 괴로울 이유가 없을지도 모른다. 아주 단순하다. 월급날이면 기쁘고 다음 월급을 기다리고, 이직도 돈 따라가면 그만이다. 굳이 일을 잘하려 애쓸 필요가 없다.

일의 기쁨과 슬픔은 돈이 전부가 아니라서 생긴 감정들 아닐까. 돈 외에 일로 나를 증명하겠다는 의지, 해내는 과정에서의 성취감, 인정 욕구, 동료들과의 배움, 중요 프로젝트를 맡는 성장, 업력을 단단히 하며 느끼는 자부심, 인생의 방향성 등 사람마다 차이는 있겠지만 눈에 보이지 않는 조건, 자존감과 연결되는 것들이 우리를 웃고 울게 한다.

돈은 숫자라서 그런지 객관식 같다. 하지만 눈에 보이지 않는, 살면서 풀어나가야 할 숙제는 주관식에 가깝다. 삶의 성취감은 어디서 얻을 것인지, 어떤 일로 나를 증명할지, 어디까지 타인의 인정을 필요로 할지, 자부심은 어떻게 쌓아야 하는지. 처음부터 자신 있게 정답을 적을 수 있다면 좋겠지만 성취와 돈, 생계와 자아실현 사이를 셀 수 없이 오가기 마련이다. 하루는 뿌듯한 마음으로 퇴근했다가 다른 날에는 계산기를 두드리면서. 도저히 일의 즐거움을 찾을 수 없을 때는 실력을 쌓는 시간으로, 안정 대신 남들이 무심코 지나친 재미를 택하기도 하면서. 자존심이 구겨지더라도 옳다고 믿는 방향으로 가면서 자존감을 쌓았다. 어디로 가야 할지 모르겠다는 생각이 들 때면 기꺼이 돈보다 일의 즐거움을 핑계 삼아.

퇴사는
인생의 방향을 바꾼다

아무리 흔해졌다 한들 퇴사는 인생의 방향을 바꾼다. '인생을 변화시키려면 함께하는 사람이나 환경을 바꿔야 한다'는 말을 빌리면 퇴사가 이 두 가지를 모두를 바꾸니까. 그야말로 인생의 커다란 방향 전환점이다. 그 앞에서 누군가는 갑자기 멈춰 서거나 '다음은 어느 방향으로 가야 하지?' 하며 머뭇거린다. 착착 준비한 계획적인 퇴사도 있겠지만 소진된 상태로, 다음 스텝을 미처 생각하기도 전에 마주하기도 한다.

대부분은 즉흥적이지도 계획적이지도 않은 채 아닐까. 나 역시 그랬다. 갑자기 모든 것이 지옥처럼 느껴지는 구간을 지나는 중이었다. 몸은 리트머스지처럼 마음 상태를 그대로 드러냈다. 생전 아프지 않던 곳에 하나둘, 이상 신호가 왔다. 만약 '스케줄 신'이 있다면 '제발 회사는 이제 그만! 좀!'이라고 말할 것 같았다. 건강에 문제가 생겼지만 좋은 신호로 받아들였다. 회사를 그만두는 일에는 항상 우유부단했으므로.

또 한 번의 이직이 아닌, 회사 생활을 아예 그만두는 데는 하나의 이유만으로는 충분하지 않았다. 더 이상 소중한 시간을 낭비하고 싶지 않았다. 대기업을 떠나 스타트업으로 이직하면서 기대한 건 특별하지 않았다. 스몰 브랜드를 발굴해서 편집하고 공간과 브랜드를 기획하면서 가치를 만드는 일에 일조하고 싶었다. 무에서 유를 만들겠다는 의지 하나로 직접 팀을 꾸렸다. 멀쩡히 다니던 회사를 그만두고 후배들이 합류해 줬다. 모 대기업에서 인턴을 마치고 A, B 회사 중 고민하다가 '새로운 일을 해보자! 네가 필요하다'는 나의 말을 믿어준 사람도 있었다. 비록 그가 출근한 첫날 함께 일할 수 없게 되었다고 말해야 했지만.

회사 일이란 혼자 하는 것이 아니므로 어떤 일이

든 상황에 따라 달라질 수 있다. 하지만 늘 같은 방식으로 틀어지고 의사결정 프로세스가 무색하도록 비상식적이라면, 그것은 문제다. 이미 결정된 채용이 엎어지는 과정은 마치 1인극을 보는 것 같았다. 관여된 사람들이 회의실로 소환되고 큰소리가 나고, 누군가는 무턱대고 연신 죄송하다고 말했다. 그 모습을 보며 아무런 감정도 들지 않았다. 화도, 측은지심도, 어떻게 이럴 수 있는지 의구심조차 없었다. 첫 출근한 그 친구에게 너무나 미안할 뿐이었다. 어떤 거짓말이나 핑계도 없이 있는 그대로, 최선을 다해 설명하는 것 말고는 마음을 전할 길이 없었다.

일하면서 사람을 잃기 싫은 사람, 사람을 잃더라도 일을 잘해내고 싶은 사람도 있을 것이다. 자신의 의지와는 상관없이 일을 잘할 수도, 사람을 지킬 수도 없을 것 같을 때도 있다. 공들여 만든 결과물이 시간이 지나면서 애초와는 완전히 다른 형태로 변했다가, 결국 형체도 없이 사라지는 것을 먼발치에서 바라봤다. 몸속에 소리 없이 쌓인 독소처럼 조직의 문제는 한꺼번에 터진다. 멀쩡해 보이는 껍질 속 알갱이가 하나씩 물러터지듯 한 명씩 한 명씩, 결국 모두가 그곳을 떠났다.

더 멀리 떨어진 지금 이곳에 고스란히 남은 건 그때의 즐거움, 최선을 다한 찰나의 순간들, 다 함께 잘해보자고 뛰어다니던 에너지다. 일이라는 게, 모든 열정을 쏟았지만 뜻대로 되지 않을 수도 있다. 뭐 그럼 어떤가. 이제껏 인생에 좋은 일이 모두 좋은 일이 아니고, 나쁜 일이라고 전부 나쁘지도 않았으니까. 지금은 그때를 함께했던 사람들과 웃으며 무덤덤히 추억한다. '오늘'의 이야기를 할 수 있다는 안도감을 오롯이 누린다.

지금의 균형

틈을 여유로 만드는
리듬

퇴사한 지 햇수로 3년 차다. 20년 동안 짧게는 2년부터 5년까지 몇 군데 회사를 거쳤다. 어찌 보면 '퇴사 후 3년'은 한 회사를 다닌 시간과 같다. 지금은 덤덤히 이야기하지만 막상 퇴사했을 때는 남의 옷을 입은 듯 어색했다. 입는 옷에 따라 기분과 태도가 바뀌기 마련인데 남의 옷이니 정말 어찌할 바를 몰랐달까. '아침마다 출근하지 않아도 된다고?' 넉넉한 하루의 리듬이 믿기지 않았다.

직장인일 때는 새벽 여섯 시부터 '긴장 모드'다. 머릿속은 끊임없이 '오늘의 중요 업무' 리스트가 돌아갔다. 동시에 가족들을 챙기고 그날의 패션도 챙긴다. 평소에는 청바지와 검정색 옷 위주로 심플한 스타일을 선호하다가 미팅에 따라 변주했다. 현관을 나서기 전 거울 앞에서 무엇을 뺄지 점검한다. 혹시 너무 힘주어 꾸민 바람에 부자연스럽진 않은지 신경 쓴다. 문을 나서면서부터 바로 일을 시작한다. 스케줄, 회의 안건, 보고 자료, 담당자 배정, 체크할 사항 등 회사 도착 전에 가지런히 정리한다. 그래야만 그날의 리듬이 부드러워지기 때문이다. 휘몰아치는 주중이 지나 주말이면 새로운 기획을 위해 여기저기를 다닌다. 일이 곧 생활이고 생활이 곧 일이었다. 빡빡한 일정에 지치기도 했지만 늘 즐기려는 마음이었다. 스스로 선택한 일이었기에 잘하고 싶었고 잘해내야 했다.

자발적으로 퇴사했는데도 한동안 아침마다 안절부절못했다. 소속감과 해방감 사이 그 중간 어디에 마음을 두어야 할지 모르겠다는 심정이었다. 직장인 시절에는 불안을 동력 삼아 이력서 틈을 꽉꽉 채우려고 했다. 이제 그 틈을 메울 회사는 없었다. 이력서든 무엇이든 어떤 틀에 갇히고 싶지 않다는 생각이 점점 확고

지금의 균형

해 틈은 직접 메워야 했다.

　말처럼 쉽지는 않았다. 이직할 때도 적응 기간이 필요한 적은 없었다. 이미 존재하는 외부 환경에 나를 맞추는 건 마음이 어려워도 하면 그만이다. 쇼핑몰에서 쿵쿵 울리는 음악을 어쩔 수 없이 들어야 하는 것처럼. 퇴근길에는 클래식 FM 93.1 〈세상의 모든 음악〉을 듣곤 했다. 오프닝 음악 〈Tiger in the night〉가 흐르고 진행자의 나지막한 목소리 '오늘도 수고 많으셨습니다'로 하루치 위안을 받았다.

　회사를 완전히 그만둔 후엔 배경음악이 아니라 주제곡을 골라야 했다. 미처 고르기도 전에 관성의 법칙이 따라왔다. 외부의 이런저런 제안에 일을 벌이고, 다이어리에 오늘의 할 일을 촘촘히 쓰며, 회사원 시절처럼 가속페달을 밟았다.

　애초의 마음과는 다르게 주제곡을 고르는 것은 역부족인가 실망했다가, 나중엔 오히려 적당한 틈새 자체에 마음을 썼다. 불안의 원인이었던 이력서의 '틈'을 '여유'로 생각하기까지, 선택지를 펼쳐놓고 '내가 정말로 원하는가?' 묻고 또 물었다.

　다른 리듬의 시간에 적응기간이 필요했던 걸까. 15년 넘게 애청 중인 〈세상의 모든 음악〉이 새삼 다르게 들리기 시작했던 것 같다. 월드 뮤직부터 클래식, 리드미컬한 재즈까지, 귀에 이어폰을 꽂으면 세상의 소음을 떠나 여행하는 기분이 된다. 숲이 우거진 한적한 강가에 놓인 징검다리를 가볍게 건너는 리듬으로, 때론 큰 징검다리에 앉아 주변을, 풍경을, 자신을, 다른 시선으로 바라보고 있었다. 불안할 때든 희망에 찰 때든 징검다리는 한발씩 건너가기도, 잠시 쉬어가기도 좋았다. 공백 없이 무엇으로든 채우려는 강박을 내려놓았다. 마음의 중심을 외부 환경이 아닌 오직 자신으로 조절하는 연습의 시작이었다.

　이제서야 자연스럽게 일상이 흘러간다.

'뭔지 모르겠는데, 좋아' 라며
가슴이 쿵쾅쿵쾅했던 그 리듬이 생생하다.
그때 느낀 인생의 실마리를 기억하고 있다.

계속 꿈꾸는
사람

　서촌에서 우연히 들렀던 이탈리아 음식점 '아 삐에디 a piedi'. 처음 방문했을 때는 크림 페투치네를, 그다음 방문에서는 베이컨 대파파스타와 버섯 리조또를 먹었다. 플레이팅은 소박했지만 집밥처럼 기본에 집중한 맛이라는 걸 단번에 알아차릴 수 있었다. 스윽 주위를 둘러보니 오너 셰프가 이탈리아 요리 학교 출신임을 증명하는 작은 액자가 벽에 걸려 있었다. 입구 오른쪽의 오픈 주방에는 희끗한 머리칼에 훤칠한 키의 셰프가 허리춤에 앞치마를 두르고 분주히 움직이고 있었다. 겉으로 보기에 평범한 이탈리아 음식점이었다. 언뜻 촌스러운 느낌이 났지만 묘하게 편안했다. 코로나가 잠잠해지고 다시 찾았지만 생소한 이름의 간판으로 바뀌어 있었을 땐 말도 없이 떠난 친구처럼 아쉬웠다.

그러다 어느 날 신문 한 구석에서 이곳의 행방을 알게 되었다. 무슨 연유인지는 모르겠지만 한성대입구로 옮겨서 영업하고 있었다. 검색하니 석촌호수에서 오랫동안 운영하다가 서촌을 거쳐 한성대에 자리를 잡은 거였다. 셰프를 따라다니는 팬들이 있었다.

이른 벚꽃이 다 질 때쯤 아끼는 사람들과 아 삐에디의 새 공간을 찾았다. 가게는 동네 골목 어귀에 있었다. 간판도 눈에 잘 보이지 않고, 대강 둘러보니 맥줏집이었던 공간을 간소하게 고쳐서 사용하는 듯했다. 오래된 오디오에서 이름 모를 옛 팝송이 흘러나왔다. 가게에는 우리뿐이었다. 레드 와인 한 병을 주문하고 백일 동안만 선보인다는 오늘의파스타와 크림뇨끼 등 파스타 몇 개를 주문했다. 소박하면서 진한 맛은 여전했고 가격도 비교적 저렴했다.

식사를 마치고 이른 저녁 가게를 나올 때까지 손님이 많지 않은 게 마음에 쓰였다. "왜 이곳에 자리잡으

셨어요?" 계산하며 참지 못한 나의 호기심으로 질문했다. 고향이라고 답하셨다. 칠십 세까지 이곳에서 '아 삐에디'를 하려 한다고, 그가 멋쩍게 웃으며 말했다. 우리는 멀리서 왔다는 둥 셰프님과 왁자지껄 짧게 이야기를 나누고 가게를 나왔다.

함께 있던 지인이 말했다. "애써 찾아왔다고 하니까 손님 얼굴을 기억하려고 눈에 담으려는 게 느껴져요. 사람들이 더 오면 좋을 텐데." 겉모습이 바뀌더라도 알맹이를 온전히 가꿔가는 것, 십수 년이 지나도록 한결같이 지켜온 맛, 그걸 알아봐주는 오랜 손님들. 음식점 크기도, 직원도 줄이고 한적한 동네에 자리잡기까지 얼마나 숱한 마음을 돌봤을까.

비효율적으로 운영하는 것처럼 보이지만 어쩌면 셰프가 찾은 효율일지도 모른다. 꿈을 지속할 수 있는 효율 말이다. 비효율을 감내하며 자신만의 최적의 효율점을 찾아가는 모습에서 나오는 여운은 어스름한 저녁 성북천 길을 걸으면서도 이어졌다. 좋아하는 일을 좋아하는 만큼만 하는 여유가 묻어나서였을까. 이런

　　　　　　　　　　　　　지금의 균형

여유는 오랜만이었다. 오래 걷고 싶었다.

아 뻬에디는 이탈리아어로 '걸어서'라는 뜻이다.

뛰지 않고 걸어서도
나의 목적지에 다다를 수 있다.
옆을 보며 조급해하지 말고
앞만 보고, 아 삐에디.

긍정을 발견하는
호기심

'무엇을 좋아하는지 모르겠다'는 건 어찌 보면 당연하다. 좋아하는 건 자주 바뀌기도 하고, 때로는 '정말' 무엇을 좋아하는지 모르겠다는 기분이 들기도 하니까. 나이 든다고 저절로 알게 되지도 않는다. 자기 자신에 대해서도 그렇다. 지금 나이대의 나, 새로운 일을 하는 나, 매일 처음의 나를 만난다.

나이 들수록 익숙함에 스미는 편안함이 있기도 하지만, 경계하려 한다. 그럴 때마다 잠시 멈춰 들여다본다. 나이 핑계로 호기심을 잃은 건 아닌지. '좋아한다는 것'은 더 노력하는 것이다. 귀찮더라도 혹은 귀찮음을 모르고 시간을 쏟는 것, 더 잘해보고자 고민하는 것에 가깝다. 때로는 뛰었다가 힘들면 천천히 걷고, 다시 힘이 나면 전속력으로 내달리다가, 한 템포 쉬고 계속 걸어가면서 구석구석 살펴본다. 저절로 알게 되는 것은 없으니까.

자신에 대한 이해 없이 좋아하는 일을 찾기란 어렵다. 다양한 도전을 통한 경험이 필요하다. 현실에서 좋아하는 일을 찾는 것은 보물찾기와 같다. 보물찾기를 할 때 호기심을 갖고 구석구석 뒤지는 것처럼, 자신이 무엇을 잘하고 못하는지를, 좋아하고 싫어하는지를 찾는 것이다. 어떤 직업을 좋아하는지가 아니라, 어떤 일을 했을 때 성취감과 행복을 느꼈는지 보물찾기처럼 수집할 수 있다. 좋아한다는 이유만으로 기꺼이 감내할 수 있는, 진정 즐거움을 느끼는 일의 면을 발견해야 한다. 시도하고 실행하면서 현실을 살아내야 좋아하는 것들을 찾아낼 수 있다. 그 과정에서 힘들고 싫어하는 일, 예기치 않은 어려움도 만난다. 드물게, 즐겁고 기쁜 일도 온다.

지금의 균형

이제는 "이상형인 사람을 만나 여태 행복하게 살았습니다"라고 말하는 할머니와 할아버지의 말 뒤에 무수한 노력이 숨어 있다는 것을 안다. 누군가가 "이 일을 정말 사랑합니다"라고 할 때 '싫어하는 일'까지 모두 껴안고 지금에 이른 수고가 가득하는 것도. 좋아하는 일에서 싫은 점까지도 애써 보는 사람이 되어야겠다고, 싫어하는 일에서도 긍정을 발견하는 호기심을 잃지 말아야겠다고 다짐한다. 앞으로도 일의 좋은 점과 싫은 점 사이에서 자주 즐겁고 가끔 괴로워하면서 행복한 사람이기를 바라며.

'이상'도 '평범'도
없다

　　저마다 이상형이 있다. 키, 성격, 패션 스타일, 말투, 음악 취향까지 세세하게 그려놓은 사람이 있는가 하면, 두루뭉술한 기준을 갖고 있는 사람도 있다. 무턱대고 평범한 사람이 좋다는 식이다. 기획하는 일을 해서인지 '까다로울 것 같다'는 이야기를 가끔 들었다. 하지만 나의 이상형은 평범한 사람이었다.

　　어느 쪽이든 현실 세계에서 이상형을 찾기란 불가능에 가깝다. 설령 이상형을 만나더라도 '이 사람이 내 이상형이야!' 느끼는 순간은 재빠르게 지나간다. 만남이 거듭될수록 '이상형'과 '이상형이라고 생각했던 사람'의 차이를 하나부터 열까지 발견하게 될 뿐이다.

좋아하는 일은 이상형과 비슷하다. 누구나 '이상적인 일'을 꿈꾼다. 연봉과 복지가 좋고, 자유로운 조직 분위기, 기획 아이디어를 낼 수 있으면서, 사무실도 근사하고, 일을 배울 수 있는 멋진 사람들이 있는, 출퇴근도 편해야 하고, 눈치보지 않고 휴가를 쓰며, 원할 때 재택도 가능해야 한다. 요즘 잘나가는 회사이자 앞으로 나의 성장에 도움이 되는 회사! 즐겁고, 재미있고, 행복하고, 가치 있는, 그야말로 좋은 수식어가 모두 어울리는 일을 상상한다.

이 정도로 완벽한 건 바라지도 않고 평범한 수준을 원한다고 할지도 모르겠다. 평범한 사람이 이상형인 것처럼 그리 대단한 것을 바라지는 않는다고 말이다. 하지만 사람들이 흔히 쓰는 '평범'에는 '두루두루 보통 이상'이라는 욕심이 담겨 있을 때가 많다. 최상을 바라지는 않지만 어느 정도는 좋기를 바라는 마음이다. 이를테면 이런 식이다. '좋아하는 일을 하고 싶다. 하루 중 일하는 시간이 삼분의 일이나 차지하니 재미있었으면 좋겠다. 일하면서 행복하고 싶고 자아실현도 꿈꾼다. 물론 돈도 많이 벌면 금상첨화.' 이상형으로 말하자면 '좋아하는 사람을 만나고 싶다. 평생을 함께하면서 즐거운 일만 가득했으면 좋겠다. 그 사람과 함께 있으면 행복하고 인생이 완성된다고 느낄 수 있기를 바란다. 물론 경제적인 안정도 중요하다'는 말과 같다.

기대와 바람, 희망을 품는 것은 잘못이 아니다. 하지만 과정 없이 결과만을 바랄 때 이상과 현실의 괴리감에 허탈하기 쉽다. 원하는 데 도달하는 건 어렵고 힘든 과정을 거치는 게 당연한데도, 있을 수 없는 일이 일어난 것처럼 다시 이상을 찾아 떠난다. 유니콘은 어디에도 없는데도.

평범하면 좋다던 나 역시 알아보기 힘든 몽타주 한 장을 들고 누군가를, 무언가를 찾듯 굴었다. 어떤 사람과 함께할 때 행복감을 느끼는지 모른 채, 일의 어떤 면을 즐거워하는 사람인지 스스로 겪어보지 않고서 말이다.

럭셔리 패션업계에서 일하기 전까지 '패션'을 좋아한다고 생각했다. 이상형이라 여겼다. 막상 일해보니 재밌긴 했지만 이상형은 아니었다. 지금은 누가 "패션을 좋아하세요?"라고 물으면 '패션 자체에 열광하거나 쇼핑을 그다지 즐기지 않는다'고 답한다. 대신 브랜드로 비즈니스로, 분석하는 대상으로 좋아한다.

이상형이라고 오해한 걸 변명해보자면 옷에 빠져 있던 시절 때문이었다. 중학생부터 서른 즈음까지. 패션은 동질감을 위한 입장권이자 자신을 표현하는 수단이었다. 마침 그때는 다양한 패션과 라이프스타일이 발전하는 시대였다. 변화의 한복판에서 패션을 즐길 수 있었다. 트렌드와 개성 사이, 기본과 특별함 사이를 오가면서 캐주얼부터 럭셔리, 빈티지 등 여러 가지가 복잡하게 얽혀 있었다.

막연한 한 덩어리를 자세히 들여다보고 미세한 차이를 몸소 겪고 나서야 달라질 수 있었다. 이를테면 에코백과 명품백을 대하는 마음 같은 것. 필요하다면 무리해서 살 수도 있고 필요하지 않다면 굳이 살 이유가 없는 상품일 뿐이다. 중요한 건 다른 사람이 알아주는 겉모습이 아니라 자신에게 어울리는 자연스러운 멋을 갖추는 태도다.

화려하고 멋져 보여서 그 일을, 그 사람을 이상형이라 오해한 건 아닐까. 오해와는 별개로, 그 일이나 사람 덕분에 뜻 깊고 많은 것을 배울 수도 있다. 다만 좋아하는 일, 하고 싶은 일을 빨리 정해야 한다는 마음으로 성급한 판단을 하는 건 아닌지, 다방면으로 충분히 경험하고 성장할 기회를 스스로 잃고 있지는 않은지 살펴보는 건 또 다른 이야기다.

좋아하는 일을 만나기 위해서는 충분한 경험과 시간이 필요하다. 중첩되는 시간만큼 자신의 고유한 기준을 가질 수 있기 때문이다. 충분하다고 해서 느린 건 아니다. 느린 게 빠른 거고 빠른 게 느린 걸지도 모른다는 생각을 자주 한다.

무력할 때
필요한 것

　원하는 일을 시작하기 위한 노력은 번거롭고 불편하다. 포기해버리는 편이 훨씬 쉽다. 시도하지 않아도 되는 이유를 열심히 찾고 친구들을 만나 진한 위로를 받는 날에는, 인생 한 구석이 어딘지 모르게 나아진 것 같은 느낌이 들기도 한다. 대학 시절의 그날도 그랬다. 여느 때처럼 친구들과 함께 꿈과 그것을 이루는 어려움을 이야기했다. 다들 하고 싶은 것은 많았고 그만큼 고민도 끝이 없을 때였다. 언젠가는 세상을 다 가질 수 있을 것처럼 꿈에 부풀었다가 금세 좌절하며 기분이 롤러코스터를 탔다. 그날이 여느 때와 달랐던 건 엉뚱

한 생각이 들었기 때문이다. '감옥에 있는 범죄자도 나름의 꿈이 있겠지? 내가 말로만 하는 꿈을 실행하고 노력하지 않는다면, 그들이 감옥에서 꾸는 꿈과 다른 점이 뭐지?' 왜 그런 생각이 들었는지는 잘 기억나지 않지만 그때의 개운함은 선명히 남아 있다.

　감옥에 갇힌 것 같다는 느낌은 살면서 종종 따라왔다. 패션 바이어를 하다가 스토어에서 세일즈하는 직무로 이직했을 때였다. 하루 종일 서 있는 일은 생각보다 힘들었고 무엇보다 재미가 없었다. 그때는 막연하게 느낄 뿐이었지만 일의 재미는 매우 중요한 것이었다. 재미없는 일은 형벌을 받는 거라고 생각한 것이나 다름없으니까. 더 알고 싶고, 알아내고 싶은 것들이 가득해서 지칠 줄 모르는 호기심이 발동하는 모양의 '일'. 그 모양은 때로는 아주 작고 삐죽삐죽해서 잘 보이지 않는 곳에 숨어 있었지만, 재미는 일을 하는 동력이었다. 재미 없다는 생각으로 일하는 동안 점점 생기를 잃었다. 이곳으로의 이직이 다른 사람도 아닌 나의 선택이라는 사실조차 까맣게 잊어버렸다.

　하루하루가 괴롭고 무기력이 스멀스멀 덮쳐올 때,

　　　　　　　　　　　지금의 균형

감옥에 갇힌 것 같은 기분이 들 때 챙겨야 할 건 감정이 아니라 정신이다. 자기연민이나 자기혐오에 빠지지 않고, 나를 체념하고 기대하며 자신을 객관화해야 한다. '어떻게 할 것인지 잘 생각해보자. 다른 선택을 할 거야? 그것도 아니라면 지금 여기서 방법을 찾는 수밖에 없어.' 평소라면 하지 않았을 선택을 했다. 부서 이동을 자처해서 다른 옷을 입었다. 겨울잠을 잘 때 심박수를 극도로 줄이는 다람쥐처럼 한 계절을 흘려보냈다. 이유 없이 좌절하거나 나를 채근하지 않았다. 대신 그 시간을 어떻게 앞으로의 지렛대로 삼을지 궁리했다. 그냥 이대로 의미 없이 흘러가게 두지는 않겠다는 '의지'를 붙들고, 점심시간이면 회사 건물의 지하 서점에서 시간을 보냈다. 서점 계단에 앉아 닥치는 대로 책을 읽었다.

무력할 때 필요한 건 막연한 위로보다 실질적인 만족감이다. 지금 나에게 주어진 모든 것에 만족하고, 마음을 가다듬고 언젠가의 쓸모를 위해서 준비하는 시간. 그 시간을 믿어야 한다.

그냥
해야 할 때

　새로운 일은 즐겁고 동시에 낯설다. 이 정도면 잘한 건지, 괜찮은 건지 대체 기준을 모르겠으니 어리둥절한 기분이 든다. 글쓰기를 좋아하는 것과 별개로 책내는 일은 매번 낯선 기분이다. 이번 세 번째 책을 쓰기로 마음먹었지만 시작이 쉽지 않았다. 의지대로 글이 흘러가지 않을 때 나는 자주 젖은 솜뭉치 같은 기분이 되곤 했다.

　'대체 누구에게 무슨 이야기를 하고 싶은 거지?' '글은 왜 쓰려고 하는 거지?' 차라리 대단한 목적이 있으면 좋았을지도 모를 일이다. '그냥 쓰고 싶다'는, 이야기를 나누고 싶다는 생각만 분명했다. 이제 와서 돌아보면 글쓰기의 시작은 나 자신을 위해서였다. 회사에서 잃어가는 자아를 찾기 위해 무작정 썼던 글이 첫 책이었다. 다듬어지지 않은 날것의 글을 쓰면서 알았다. 아직 한참 부족한 사람이지만 이대로 괜찮다는 것을. 두 번째 책도 누군가에게 도움이 되고 싶다는 생각 이전에 쓰지 않으면 못 견딜 것 같은 나의 바람에서 시작되었다.

'아, 쓰고 싶다, 그럼 잘 써야 할 텐데…' 한 번 시작된 쓸데없는 생각은 잠기지 않는 수돗물처럼 콸콸 쏟아진다. 생각은 넘치면 걱정이 된다. 과한 걱정이 도움될 리 없다. 그럴 때는 밖으로 나갔다. 앱을 켜고 만 보를 세며 한적한 동네 한바퀴를 돌고 나면 숨어 있던 긍정이 올라온다. 마음을 가다듬고 노트북 앞에 다시 앉는다. 애꿎은 책상을 치우고 먼지도 싹싹 닦는다. 겨우 몇 장 글을 쓰고는 하루를 마친다. 다음 날이 되자 또 다른 문제가 눈에 들어온다. 아무래도 적막한 집이 문제인 것 같다. 학창 시절 때도 조용한 독서실에서는 영 공부하기가 어려웠다. 가방을 싸 들고 멀쩡한 집을 놔둔

채 동네 카페를 전전한다. 넓게 트인 창으로 햇살이 비추는 곳, 소란스럽지도 너무 고요하지도 않은 곳을 찾아서.

한번은 뛰어난 작가들이 글쓰기의 어려움을 토로한 책만 찾아 읽었다. 글쓰기를 업으로 하는 작가들의 '글쓰기의 어려움'을 읽고 있으면 동트는 새벽녘을 마주할 때와 같은 안도와 벅찬 희망을 느꼈다. 이석원 작가를 비롯해 여러 작가들은 《쓰고 싶다 쓰고 싶지 않다》를 통해 마음이 글로 표현되기까지의 뒷모습을 보여준다. 이석원 작가에게 글쓰기란 일상의 두려움을 잊은 채 세상에 몰입할 수 있는 치유의 방이기도 했지만, 어느 날은 벗어나고 싶은 방이기도 했다고. 수많은 작가들에게 글쓰기는 밥벌이의 노동으로서 때로는 괴로움을 수반했고 때로는 자신을 표현하는 자유이기도 했다.

좀 더 과거로 거슬러 올라가면 《작가의 마감》이라는 책도 있다. 《인간실격》을 쓴 다자이 오사무, 《나는 고양이로소이다》를 쓴 나쓰메 소세키 등 대문호들의 마감 분투기를 담은 책이다. 이 책을 우연히 도서관에서 발견하고는 얼마나 기뻤는지. 사카구치 안고라는 작가는, 원고를 쓰기로 마음먹은 날이 되자 오랫동안 잊고 있던 위경련이 일었다고 했다. 다자이 오사무는 '열흘이나 전부터 무엇을 쓰면 좋을지 생각하며 왜 거절하지 않았을까' 후회했다. 요코미쓰 리이치는 '쓸 수 없는 날에는 아무리 해도 글이 써지지 않는다. 나는 집 이곳저곳을 돌아다닌다. 문득 정신을 차려보니 화장실 안이다. 아니 볼일도 없는데 여긴 뭐 하러 들어왔지'라고 했다. 피식 웃음이 새어 나왔다. 깊은 위안을 받고 대작가들에게 괜한 친근감마저 들었다. 마감에 대한 압박만 비슷할 뿐 작품의 레벨이 다르다는 사실을 금방 깨달았지만.

타인이 주는 위로의 유통기한은 그리 길지 않다. 삼 일이면 사라지는 새해 목표처럼. 어디까지나 생각의 신선도를 유지하는 건 나의 몫, 오직 스스로만 가능한 일이다. 무라카미 하루키를 비롯한 많은 작가들이 그러하듯, 잘 쓰기 위해서는 매일 책상 앞에 앉아서 쓰는 것 말고는 방법이 없다.

글쓰기 책 대부분의 내용이 '그냥 쓰라'고 이야기 한다. 뻔한 이야기를 왜 그렇게 하나 싶지만, 사실 계속 쓰는 그 행위 자체가 그리 간단하지 않다. 기약 없는 일을 계속한다는 건 자신을 믿어야만 하는데, 자신을 믿는다는 게 어디 말처럼 쉬운가. 지루한 시간을 지나야만, 그 과정에서 믿음이 생긴다. '그냥 하는 것'이 일상이 될 때 울퉁불퉁한 그 시간이 점차 평평해질 것이라는, 캄캄한 구덩이에 빠진 것이 아니라 터널 저편에 가느다란 빛이 있다는 희망. 내 힘으로 한발 한발 걸어가보자고 스스로를 설득할 수 있다.

방향을 정했다면 계속 앞으로 나아가면서 수정하는 수밖에 없다. 해야 할 일들을 하는 것이다. 기계적으로, 하루에 정한 양을 끝내고, 건강을 챙기고, 그다음 날 다시 해야 하는 일을 하다 보면 원하는 지점에 가까워질 수 있다. 더 빠르게 가기 위해 서두르기보다 제대로 한 걸음씩 옮기는 방법이 결국에는 가장 빠를지도 모른다.

'그냥 하는 것'은 매일 같은 시간에 같은 행동을 하

는 루틴보다 더 넓은 개념이다. 별다른 생각 없이 하는 것. 그냥 해야 한다는 것을 받아들이는 상태. 때가 되면 잠을 자고 아침이면 일어나야 하는 것처럼 때론 감정 없이 할 일을 하는 것. 그제보다 어제가, 어제보다 오늘, 오늘보다 내일이 아주 조금 수월해졌다는 걸 나도 모르는 사이에 미세하게 느끼는 때가 온다.

무감각한 시간을 보내고 있다면, 애쓰지 않고 그저 잘 보내길. 그 시간이 지나면 풍성하고 자연스러운 감각이 길러져 있을 것이다.

시작하기 가장 좋은
순간

　계절 변화에 민감하기도 하고 부러 신경 쓰기도 한다. 이번 겨울이 유난히 따뜻할 것이라는 뉴스에 코트, 패딩 점퍼 매출은 어쩌나 괜한 걱정이 앞선다. 여름이 길어진다는 소식엔 트렌치 코트와 봄 재킷 재고를 걱정한다. 1월과 2월은 남은 겨울 재고를 판매하기 위해 세일을 하며 안간힘을 쓰는 기간이라면, 3월에는 리셋 버튼이 눌린다. 겨울에 대한 체념과 봄의 기대로 일순간 에너지가 변한다. 그 분위기를 느끼고 나서야 비로소 새해를 실감한다.

　집 안으로 깊숙하게 들어오던 햇빛의 길이가, 학

교 가는 아이의 부산한 아침이, 개강하는 학생들의 들뜬 마음이, 바쁜 마음으로 출근하는 직장인의 얼굴이, 봄 신상품을 홍보하는 패션 브랜드의 민첩함이 눈에 쏙쏙 들어온다. 반짝 하는 상쾌함에 덩달아 신이 난다. 웅크렸던 마음도, 찌뿌둥한 몸도 기지개를 활짝 펴고 움직일 준비를 시작하는 봄. 사람들의 얼굴에서 발그레한 설렘이 느껴진다.

체념이 기대로 변하는 순간이야말로 무언가를 시작하기 좋은 시간이다.

징검다리를
건너는 마음으로

　자기 몫을 해내는 과정은 어떤 때는 절망을, 언젠
가는 기쁨을 안겨준다. 새로운 환경에 적응하며 기대
와 평가를 받으면서도 그렇다. 세상에 맞춰가는 연습
을 하고 때론 그 세상에서 나를 건져 올리면서 끊임없
이 시도하고 실패하고 다시 시작한다. 징검다리를 건
너는 것과 비슷하다. 취업의 문턱을 넘기까지 주욱 이
어진 길을 걸어왔다면 그 이후는 철저히 자신의 선택
으로 돌과 방향을 선택해 하나씩 건너가야 한다.
　너무 작아서 위험해 보이지만 빨리 건너갈 수 있
는 돌, 크고 단단해 보이는 돌, 간격이 너무 넓은 돌 등 무수한 돌을 선택한다. 살면서 '선택'이 아니었던 순간이 있을까? 세상에 태어나는 것을 제외하고는 없는 것 같다. 원하든 원하지 않든 크고 작은 선택을 거쳐 인생이 된다.

　한 번의 선택으로 앞으로의 행복을 바라는 건 무리다. 이직할 회사가 앞으로의 커리어를 책임져준다거나, 내가 선택한 사람이 변치 않는 버팀목이 된다는 식의 정답은 없다. 징검다리가 바른 방향으로 놓여 있더라도 내가 건너지 않으면 소용없는 것과 비슷하다. 징검다리 자체가 완벽하지 않을 수도 있다. 건너면서 더 튼튼한 돌을 끼워 넣어야 할 때도 있고, 큰 마음을 먹고 그다음 돌로 훌쩍 뛰어넘어야 할 수도 있다.

　때론 남들이 놓은 디딤돌을 밟아야 하는 순간도 있다. 필요해서든 편해서든 어쩔 수 없었든 다른 사람의 디딤돌을 밟는 것도 도움이 된다. 세상에 발맞춰 살면서 나대로 사는 방법을, 강인함을 하나씩 모을 수 있으니까. 그러다 날이 좋으면 조금 빨리 건너보기도 하고, 힘든 순간을 이겨내게 하는 주춧돌을 발견할지도 모르고, 내가 돌을 하나씩 놓으면서 새로운 방향을 낼 수도 있고, 이참에 걷기가 더 좋아질지도 모를 일이다. '한 번에'라는 욕심과 '실패할까 봐'라는 두려움 앞에서 선택을 망설일 필요도 없다. 선택은 여러 개의 디딤돌을 밟고 강 저편으로 건너가는 일이다.

'하루하루 선택이 모여 인생이 된다'는 말은, 어떻게 받아들이느냐에 따라 무게감이 다르다. 한 번에 원하는 대로 이루어지는 일이 세상에 얼마나 있을까. 설령 있다 하더라도 모두 이루었다고 생각한 순간 다른 어려움이 등장한다. 지금 자리에서 할 수 있는 것부터 시작하고, 하나씩 클리어하면서 앞으로 나아가는 수밖에. 아주 천천히 다음 단계로, 또 다음 단계로, 강 건너편에 도착하면 다시 달릴 수 있도록 가볍게 준비 운동하듯 가볍게 걸으면 된다.

원하는 대로 흘러가지 않는 상황을 지나면서 '나는 충분히 강한 사람'이라는 믿음을 얻을 수 있다. 얼마든지, 어디서든, 마음먹으면 어떤 일에서든 가치를 찾아낼 수 있다는 확신 말이다. 아예 다른 길을 스스로 만들기도 하고 바닥을 딛고 다시 시작하는 것이 두려움이 아니라는 감각을 익혔다. 흑과 백의 논리로 선택을 망설일 이유도, 자신을 괴롭힐 이유도 없다. 제3의 선택, 4의 선택을 할 수 있다. 내가 그리는 내 모습이 필요한 장소가 반드시 존재할 것이라는 믿음이 있다면, 가야 할 방향으로 징검다리를 놓는 작업을 계속할 수 있다. 스물다섯, 서른, 서른다섯, 마흔, 어느 돌 위에 앉아 쉬다가 언제든 다시 시작하면 된다. 매일 선택하고 한 걸음 걸으면 될 뿐이다.

선택이 어려울 때는 무엇을 싫어하는지 생각한다. 그리고 결코 포기할 수 없는 것은 무엇인지도 생각해본다. 그 과정에서 뒤로 돌아가야 할 수도, 공들여 놓은 징검다리의 돌을 센 물살에 흘려보내야 할 수도 있지만 그럼에도 최선을 찾는다. 감내할 수 있는, 감당할 만한 최선의 선택을 계속하는 것이다.

어쩌면 각자 인생의 문제는 애초에 존재하지 않는지도 모르겠다. 자신에게 묻고 최선의 방향을 찾아가는 일이니까. 선택이 어떤 결과를 가져다 줄지는 아무것도 단정할 수 없다. 선택해야만 반대편으로든 어디로든 건너갈 수 있다. 그러니 그 자리에 주저앉지 말고 잠시 쉬었다가 툭툭 털고 일어나면 된다.

　단기적인 것보다 장기적으로 도움이 되는 선택들을 하고 싶다. 동시에 너무 앞선 미래에 대한 계획이나 걱정 대신, 지금부터 차곡차곡 그 방향으로 향하는 선택들을 하는 데 집중하면서 두 발 아래가 단단해질 수 있도록. 순간순간 최선의 선택과 행동을 해나갈 뿐이다. 다만 지금까지 하나씩 건너온 길을 문득 뒤돌아 볼 때 조금의 뿌듯함이 자리했으면.

아름다움을
마주하는 법

프랑스 예술가 장 미셸 오토니엘Jean-Michel Otoniel의 전시가 열린 지난 여름, 오전 일찍 집을 나섰다. 흐린 날씨라서 혼자 미술관 가기 좋았다. 전시를 주최한 서울시립미술관에 따르면 전시 제목 〈정원과 정원〉은 복수의 전시 장소를 지칭하는 한편 작품을 거쳐 관객의 마음에 맺히는 사유의 정원을 말한다고 했다. 전시장을 몇 바퀴 빙빙 돌면서 생각에 잠겼다가 혼자 수줍게 셀카를 찍는 할머니의 사진을 찍어드렸다. 간신히 서울시립미술관을 나와 이어지는 전시를 관람하기 위해 덕수궁 돌담길을 걸으니 마침 점심시간이었다. 덕수궁 돌담길에는 수많은 사람들이 몰려나왔다. 그 틈을 타 미술관 앞 로터리에 자리잡은 야쿠르트 아주머니, 들 뜬 표정의 두 영국인 관광객, 어린이집 아이들의 나들이 줄을 지나 덕수궁 연못에 도착했다. 금빛 장미와 연꽃들은 연못에서 잔잔하게 빛이 났다. 담 밖으로 들리는 시위 소리와 종소리, 새의 지저귐, 빗물이 고여 연못으로 흘러내리는 물소리가 묘하게 섞여서 작품의 배경음악이 되었다. 집으로 돌아가기 전 아쉬운 마음에 다시 서울시립미술관에 들렀다. 그곳에서 한국을 방문한 오토니엘을 우연히 만나 함께 사진을 찍었다. 그를 직접 만나다니, 운 좋은 날이었다. 어쩐지 이날의 모든 선택 덕분 같았다.

한 잡지와의 인터뷰에서 오토니엘은 말했다. 선택한 인생을 사는 것이 최고의 럭셔리라고. 럭셔리의 본질은 희소성과 가치다. 스스로 선택한 인생은 유일하고 빛난다는 말이었다.

"인생은 르네상스의 연속이다. 춤을 배우고, 화장을 하고, 산을 오르고, 사랑에 빠지고픈 욕망은 죽을 때

지금의 균형

까지 주기적으로 반복된다. 무료하고 비참해 죽을 것 같다가도 어느 순간 '그래, 인생은 살 만한 거야' 하는 전율이 찾아온다. 지금 이 순간 힘든 나날을 보내는 분들이 많겠지만 곧 재탄생의 시기가 올 것이라는 사실을 알았으면 좋겠다."

유리로 만들어 영롱하고 아름답게만 보이는 오토니엘의 작품에는 각기 다른 흠집이 있다. 오토니엘은 한 번도 아름다운 구슬을 만들기 위해 노력한 적이 없고, 작품을 구성하는 모든 구슬은 완벽한 구의 형태도 아니다. 그럼에도 그것을 아름답다고 생각하는 작가의 마음을 알 것 같았다.

인생을 살면서 만나는 즐거움과 행복, 슬픔과 상처가 모두 인생이고, 하나다. 그 모양은 결국 희망을 선택한 사람이 마주할 수 있는 아름다움일 것이다.

균형은 결국
저마다의 '중심'이다

연희동의 한 카페에 있다. 노출된 콘크리트 벽과 천장으로 이뤄진 공간에는, 통창으로 들어오는 자연광을 제외하면 적당히 어둡고 잔잔한 음악이 흐른다. 규칙적으로 놓인 직사각형 테이블에 한두 명씩 앉아 작업을 하고, 카페 한 켠에선 검정 옷을 저마다 멋스럽게 입은 스태프들의 원두 로스팅 소리와 함께 향이 퍼져온다. 차분하면서도 소란스러운 공간에서 책의 마지막을 쓰는 중이다. 불규칙적인 리듬 속에서 균형을 느끼면서.

애초 이 책의 주제는 '선택'이었다. 일과 삶에서 무

수한 선택을 하며 거듭한 고민을 나누고 싶었다. 우리는 늘 선택 앞에서 망설이고 주저하기 일쑤이니, 정답은 없지만 누군가에게 순간의 이정표가 될 수 있기를 바라면서.

그 과정에서 '미처 몰랐던 나'에게 다다랐다. '균형'이라는 단어를 자주 쓰는 나. 현실적이면서도 이상적인 것을 추구하는 성격 탓에 균형 잡기는 늘 어려운 과제였다. 현실을 놓지 않고 꿈꾸는 이상을 만들려면 계속 움직여야 했다. '이상'은 없다는 자각 뒤에는 이상과 현실은 동떨어진 게 아니라는 묘한 실감이 있다. 그렇게 지나온 일의 세계는 기쁨이고 성장하는 힘이었다. 그래서 이 책의 제목은 《지금의 균형》이 되었다. 여기서 말하는 균형은 결국 '중심'이다. 무수한 선택 속에서 스스로 삶의 중심을 잡는 것. 땅에서 한발 떼고 바로 서야 할 때, 코어에 힘을 주고 두 팔 벌려 균형과 중심을 잡는 것처럼 말이다. 내달리지 않아도, 애쓰지 않아도, 굳건히 중심을 잡고 멀리 내다볼 수 있기를 바란다.

이 책 역시 이상에서 현실이 되기까지 많은 분들의 도움으로 균형을 잡아갔다. 글이 잘 써지지 않을 때면 주변에서 활기차게 보내온 언어에 힘입어 다시 노트북을 켰다. 고마운 마음들을 저장하면서 여러 우여곡절 끝에 책을 마무리할 때쯤에는 마음의 균형도, 행복도 더 커졌음을 실감했다.

작년, 강의 듣는 한 학생이 메일로 자신의 고민과 함께 질문을 보내왔다. '꿈이 어떻게 되세요?' 웃음 나는 신선한 질문이었다. '저에게 꿈이란 명사형 목표가 아니라 현재진행형 동사예요. 무언가가 되는 것보다 매일의 안녕이 중요합니다'라고 답했다. 꿈이 '동사'가 되면 꿈은 멀리 있지 않다. 하루하루 해나가는 것이 이상을 현실로 만드는 유일한 방법이기 때문이다.

지금 이 공간의 리듬처럼, 차분하지만 소란스럽게 앞으로도 중심이 단단한 삶을 살고 싶다. 저마다의 균형을 위해 애쓰는 이들에게 이 책이 작은 응원이 된다면 기쁘겠다. 희망은 온다고 믿으면서.

삶의 균형을 잡게 해주는
소중한 사람들

사랑하는
부모님, 남편 영준, 아들 윤승에게
감사를 전합니다.